いつも駅からだった

岩井圭也

祥伝社文庫

目次

読者のみなさんへ

この本は、普通の短編集とはちょっと違います。

京王《けいおう》電鉄の各駅を舞台にした五つの短編が収録されていて、各編で登場人物が「謎解き」に挑戦します。読者のみなさんには、登場人物と一緒に「謎」に挑戦していただくことも、普通の小説と同じように読み進めてもらうこともできます。挑戦する場合は、「謎」が出てきたところでいったんページをめくるのを止めましょう。読み進めると、本文中に答えが出てきます。

各話に登場する駅（下北沢《しもきたざわ》、高尾山口《たかおさんぐち》、府中《ふちゆう》、調布《ちようふ》、聖蹟桜ケ丘《せいせきさくらがおか》）や周辺の街に足を運ぶことで、物語を追体験することもできます。もちろん、現地で謎解きを楽しむことも可能です。ただし、体験中の「ながら」歩きはたいへん危険です。くれぐれも、周囲には気をつけながらお楽しみください。

なお、謎の答えや解法についてSNS等で投稿する場合には、未読の方にご配慮いただけますと幸いです。

ちなみに、『いつも駅からだった』には公式サイトがあります。左の二次元コードからアクセスできるので、ぜひチェックしてください。この物語を読み終えた後に、メインイラストを五回タップしていただくと、何か起こるかもしれません。また、紙の本で購入された方は、カバーや帯も捨てずに取っておくことをおすすめします。期間限定で、ちょっとした仕掛けをお楽しみいただけると思います。

それでは、本編をお楽しみください。

岩井圭也

http://keionovel.com

下北沢編

「ふざけんなよ」

井《い》の頭《かしら》線下北沢《しもきたざわ》駅のホームに降り立った直後、つい独り言を口にしていた。追い抜いて行ったカップルが、一瞬だけこちらを振り向く。男女の手にはフライヤーが握られていた。今夜、本多《ほんだ》劇場で上演される舞台のフライヤーだ。

時刻は午後五時過ぎ、帰宅ラッシュがはじまった直後だった。

ホームをとぼとぼ歩きながら、三十分前に琢磨《たくま》から届いたメッセージを思い出す。

〈俺の気持ちになって下北沢を歩けばわかる〉

今日は昼から、ずっと琢磨を捜している。幾度もメッセージを送り、電話をかけ、友人たちに心当たりがないか尋ね回った。それでも一向に見つからない。途方に暮れたころ、ようやく送られてきた琢磨からの返事がそれだった。どういう意味か問いただしたが、いまだ反応はない。

さっきまでは琢磨のアパートがある明大前《めいだいまえ》にいたが、いてもたってもいられず、井の頭線に乗って下北沢までやって来た。

ホームの片隅《かたすみ》で立ち止まり、あらためてスマホを取り出す。

〈俺の気持ちになって下北沢を歩けばわかる〉

――どういう意味だよ。

考えていても答えは出ない。とにかく、琢磨はこの街のどこかにいる可能性が高そうだ。デタラメにでも歩き回っていれば、いずれ遭遇するかもしれない。

当てもないまま、春の下北沢へと一歩、踏み出した。

*

琢磨と出会ったのは、二年前の夏だった。

学生時代の同級生たちと組んでいたバンドが、大学卒業を機に解散することになった。就職せず、フリーターをやりながら音楽を続けるという道を選んだのはギターの俺だけだった。皆を説得しようとしたけど、無駄だった。

――いつまでも夢ばっかり見てんなよ。

一番仲がいいと思っていたメンバーからの言葉は、今でも忘れられない。

卒業後は、下北沢の古着屋でアルバイトをしながら、いくつかのバンドでサポートのギタリストとして活動した。正式メンバーの誘いも受けたが、断った。やっている音楽は悪くなかったけれど、人生を賭《か》けられるほどではなかった。

次に組むバンドは絶対に成功させる。それが俺なりの決意だった。

二十三歳の夏、いつものようにサポートで出演し、ライブハウスのバースペースで打ち上げをしている最中だった。タバコの煙が漂《ただよ》うカウンターで、発泡酒を缶のまま飲んでいた。

「尾田《おだ》俊介《しゅんすけ》さんですよね」

唐突に、見覚えのない少年から声をかけられた。高校生くらいだろうか。インディーズライブの打ち上げに観客が参加するのはよくあることだし、一緒に飲むのも構わない。だが、いきなりフルネームを呼ばれるとちょっと面食らう。

「なんで俺の名前、知ってるの？」

「フライヤーで見ました。最高のパフォーマンスでした」

「それはどうも。そっちは？」

「川口《かわぐち》琢磨です」

缶をかたむけながら応じる。琢磨は遠慮なく隣のパイプ椅子《いす》に腰かけた。話でもあるのだろうか。

「あの、突然なんですけど」

「なに？」

「一緒にバンド組んでもらえませんか」

「は？」

反射的に問い返したが、琢磨は平然と「バンドです」と答える。

「春に解散したんですよね？　俺、ボーカルと作詞作曲やるんで」

「いやいや、待ってよ」

思わず苦笑した。無礼にもほどがある。

「たしかにフリーだけどさ……誰とでも組むってわけじゃないから」

「もうドラムスとベースは承諾をもらってるんです。あと足りないのは、ギターだけで」

「こっちの話、聞いてる？」

マイペースに話を進める琢磨に内心呆《あき》れながら、それでもいったん、おとなしく話を聞いてみることにした。しょせん宴席での話である。まともに受け止める必要はない。ただのヒマつぶしだ。

「これ、音源です。聴いてもらえますか」

琢磨はスマホに二次元コードを表示してみせた。読み取ってアクセスしろ、という意味らしい。「今？」と問うと、少年は屈託なくうなずいた。面倒だが乗りかかった船だ。それに、ちゃんと聴いたうえで断ったほうが相手も納得するだろう。

ポケットに入れていたイヤフォンを耳にはめた。二次元コードを読みこむと動画配信サイトに飛ぶ。どこかのスタジオに、琢磨が一人で立っている映像が映し出された。手にはマイク。打ち込みで作ったと思《おぼ》しき伴奏が流れだす。

アルコールで緩んだ気持ちが、数秒後、一気に引き締まった。

――これは……。

メロディはめちゃくちゃだった。細かいところまでこだわった痕跡《こんせき》はあるが、粗削りで、ほとんど破綻《はたん》寸前だ。聴いていて心地よいとは言えない。まだ誰の指導も受けていない、野生の音楽という印象だった。

その反面、音源には勢いと熱量が備わっていた。出そうと思って出せるものではない。天賦《てんぷ》の才と情熱がなければ、この曲は作れない。斜に構えることを覚えた俺に、琢磨の歌は鮮烈に響いた。

「どうでした？」

動画が終わると、琢磨が期待のこもった目で俺を見た。聞こえなかったふりをして、イヤフォンを外す。

「承諾したドラムスとベースって、誰？」

琢磨が答えたのは、いずれも聞いたことのある名前だった。インディーズ界隈《かいわい》では名の知れた実力者たちだ。その二人が、そろってこの少年のバンドに加入すると言っている。

彼の音源に惹《ひ》かれた理由はよくわかった。

――もしかしたら、人生を賭けられるかもしれない。

自分の心が揺れているのを自覚した。

「ギターの上手《うま》いやつならいくらでもいるのになんで俺？」

その質問への答えで決めることにした。発泡酒を飲んで返事を待つ。目が合った琢磨は、にやっと笑っていた。

「俊介さんなら、途中でやめるなんて言い出さないと思ったんで」

ふっ、と思わず笑いが漏れた。それは、俺がバンドメンバーに求める条件とそっくり同じだった。空《から》になった缶をカウンターに置き、琢磨の視線を正面から受け止めた。

「上等だよ。お前とやってやる」

最後のピースがはまったことがうれしいのか、琢磨は無邪気な笑みを見せた。

天才という言葉は好きではないが、琢磨は天才というしかなかった。

楽器の経験もないし、歌い方も器用とは言えない。教室に通ってギターだけは弾《ひ》けるようになったが、演奏技術はまだまだだ。恐ろしいのは、それほど未熟であるにもかかわらず、琢磨の作る楽曲が聴く者を魅了してしまうところだった。オーディエンスを熱狂の渦《うず》に巻き込み、夢中にさせる力がたしかにあった。

俺たちのバンド〈Estuary《エスチュアリー》〉が始動したのは俺が二十三歳の秋。手練《てだ》れの演奏家たちを従えた、十九歳の野生児が率いる〈Estuary〉はたちまちインディーズで話題となった。小規模なハコが満員になるまで、半年とかからなかった。

琢磨はすぐ、メンバーたちに敬語を使わなくなった。俺も他の二人も、何の不満もなかった。むしろ奔放にふるまうほうが彼らしい。

琢磨が作ってくる曲は常にどこか調子が外れていたが、それが琢磨にしか出せない味になっていた。ちょっとしたズレが、絶妙なバランスでうねりを生み出している。他のメンバーは各々《おのおの》のパートを各自でアレンジして演奏した。腕に覚えのある者ばかりだから、自然とクオリティは高くなる。

ある日、大入りの聴衆の前でライブを終えた後、バーでの打ち上げで二歳上のドラムスがぽつりとつぶやいた。

「俺ら、本気でメジャー行くかもな」

俺も同じ思いだった。

フリーターの琢磨はもともと自宅近くの居酒屋で働いていたが、時間の融通が利《き》かないというので辞めてしまった。次のバイト先を探していた彼に下北沢の古着屋を紹介したのは、俺だ。俺たちは同じバンドのメンバーというだけでなく、職場でも同僚になった。琢磨は親からの仕送りはないようで、常に腹を空《す》かせていた。給料日の夜、ラーメン屋のカウンターで並んで麺《めん》をすすりながら、琢磨が言った。

「俊介」

「なんだよ」

「メジャーデビューしたらバイト辞められるかな?」

「たぶんな」

そしてその機会は、考えていたよりも早く訪れた。活動開始から一年と少し経《た》ったころ、自主制作CDを聴き、ライブに訪れた大手レーベルのプロデューサーから声がかかったのだ。ライブ後の打ち上げに現れたプロデューサーは、真っ先に琢磨に名刺を渡してこう言った。

「〈Estuary〉の楽曲には、他にないパワーがある。ぜひ、琢磨君が作詞作曲した作品で、一緒にチャレンジしたい」

琢磨は興奮を抑えきれない様子だった。

「これでバイト辞められる！」

怖いほど順調に話は進み、メジャーデビューは翌年の春と決まった。

琢磨はデビュー曲の制作にこれまで以上の時間を費やした。できあがった音源は、俺たちメンバーを納得させる出来だった。琢磨らしさはありながら、キャッチーさもある。唯一、違和感を覚えたのは歌詞だった。かなり雰囲気が変わった気がしたが、あまり深くは考えなかった。

今になって後悔している。あの時、もっと突っこんでおけばよかった、と。

デビュー曲は三月にリリースされた。ストリーミングの再生数も、ダウンロード数も、新人としては悪くなかった。雑誌やネット記事の取材はいくつも受けたし、テレビ出演も果たした。夏フェスへの出演も内定していた。

それなのに、である。


騒動のきっかけはSNSだった。昨夜、俺たちのデビュー曲について、匿名《とくめい》アカウントによる投稿があったのだ。

〈このブログから歌詞パクってない？〉

その投稿には、あるブログ記事のＵＲＬが貼りつけられていた。

およそ二年前の日付が残されたその記事には、たしかに、デビュー曲の歌詞とまったく同じ文言が並んでいた。似ているというレベルではない。一言一句違《たが》わず同じだった。

ここではない場所にいつも行きたかった
ガラス窓に映った自分の顔はもう見飽きた
夢の街のライブハウスに立つ自分を想像して
喉《のど》が裂けるまで歌い叫びつづける
桜の木は葉をつけて枯れ　また花を咲かせる
その季節を俺はまた迎えられるかな

ブログはこの投稿を最後に、更新が止まっていた。

どこかの誰かが気付いた事実に、匿名の連中が食いついた。批判の火は瞬《またた》く間《ま》に燃え広がった。

〈こいつらパクリバンドってこと?〉

〈メロディはよかったのに残念です〉

〈謝罪と配信中止、早く〉

事務所から電話がかかってきたのは、今日の昼だ。ベテランマネージャーは電話口で激高した。

「きみら、これ事実か？　本当に歌詞をパクったのか？」

知らせを受け、頭が真っ白になった。

まさか。あり得ない。そう言いたいが、琢磨について驚くほど何も知らないことに、あらためて気付かされた。

「作詞作曲は琢磨にまかせてるんで……」

「だったら琢磨を連れてきてくれ。今すぐに。あいつ、この非常事態に連絡がつかない。何考えてるんだ！」

慌てふためくマネージャーに何度も謝った。

それから現在まで、琢磨とどうにか連絡を取ろうとした。琢磨の自宅がある明大前の辺りを走り回ったけれど、一向に見つからない。ようやく琢磨から返ってきたメッセージに記されていた地名は、下北沢だった。

――まさかこの状況でシモキタにいるとはな……。

〈Estuary〉にとっては思い出の地だが、ここにはいるはずがないと思っていた。炎上している最中《さなか》、知り合いに出くわせば何を言われるかわからないからだ。

〈俺の気持ちになって下北沢を歩けばわかる〉

琢磨から送られたメッセージの意味を考えるが、さっぱりわからない。とにかく、琢磨が行きそうな場所を片《かた》っ端《ぱし》から巡ってみるしかなかった。

＊

はじめに向かったのはなじみのラーメン屋だった。

給料日、俺と琢磨でよく行った店だ。のんきにラーメンを食べているとは考えにくいが、〈俺の気持ちになって〉という一言が引っかかった。琢磨は数あるラーメン屋のなかでも、その店の味が大好きだった。

井の頭線下北沢駅の西口を出て、鎌倉《かまくら》通りを北へ進む。公園の手前で右折して少し歩けば、右手に店が現れる。

行列はできていないが、店内はほぼ満席だった。人気店なだけある。券売機の前に立って客の顔を確認したが、やはり琢磨はいなかった。忘れ物をしたふりをして、店を出る。

——さすがにいないか。

闇雲に動きまわるより、琢磨を知る人を頼ったほうがいいかもしれない。次はかつてのアルバイト先である古着屋へ行くことにした。

ラーメン屋を出て右手へと歩き、レコードショップがある交差点を右折する。カフェバーのある交差点で左に曲がって進めば、下北沢一番街商店街の古着屋に到着する。商店街のゲートはすぐそこだ。

ここは琢磨の元バイト先であると同時に、俺の元バイト先でもある。ビル一階の店舗へ足を踏み入れると、勝手知ったる店内にはなじみのある古着の匂いが漂っていた。客はいないようだった。

「すみませーん」

声をかけると、裏から髭《ひげ》を生《は》やした店長が出てきた。二回りほど年上で、俺も琢磨もさんざん世話になった人だ。声の主が俺だとわかると嬉《うれ》しそうに「おお」と言った。

「久しぶり。メジャーデビュー後の凱旋《がいせん》？」

気のいい店長は、にこにこと俺を出迎えてくれた。

「……店長、あんまりSNSとかやらないんでしたっけ？」

「たまには見るけど。どうかした？」

店長は何も知らなかった。昨夜からの炎上騒動をかいつまんで説明すると、唖然《あぜん》としていた。

「琢磨がパクリ？　本当に？」

「事実がわからないから、捜してるんです」

「そっか。うーん、でもそういうやつには見えないんだけどな」

「この店には来てないですよね？」

「ちょっと待ってな」

店長は裏にいたアルバイトにも確認してくれた。

「見てないって。俺も今日は開店からいるけど、琢磨は一度も見ていない」

やはり来ていなかった。だが、すぐに出て行く気分にもなれなかった。早くも、行くあては尽きていた。人のいい店長は一緒になって頭を悩ませていたが、ふと「そうだ」と言った。

「実家に連絡したらどうだ？」

「連絡先を知りません」

そう言うと、店長がバイトに採用した時の履歴書を確認してくれた。だが、肝心の実家の電話番号は空欄になっていた。

「……じゃあ、弟は？」

「弟？　なんですか、それ」

「前に琢磨が一度だけ弟の話をしてた。知らない？」

　初耳だった。

「どういう話だったんですか」

「なんだっけ……たしか、帰省するっていうから、地元の友達と会うのって聞いたんだよ。そしたら、弟に会いに行くんです、って答えたんだよな」

　琢磨から自分の家族構成すら聞いていなかったことに、少しだけショックを受けた。きょうだいの話くらい、雑談していたら自然と出てきそうなものなのに。あえて存在を隠していたのだろうか。

　ともかく、古着屋ではそれ以上の手がかりは得られなかった。しかたなく出ていこうとすると、店長がアドバイスをくれた。

「スタジオは？　琢磨の思い出の場所じゃない？」

　言われてみれば、琢磨が練習のために通っていたスタジオが近くにある。他にあてもないため、向かうことにした。

　一番街商店街を北にまっすぐ進んで、突き当たりを左に少し進めばスタジオに着く。琢磨はこのスタジオで開かれている教室に通って、ギターの弾き方を覚えた。

辺りをうろついてみたが、やはり琢磨は見当たらない。ちょうど店から出てきた見知らぬ女性が、俺を見て「教室の入会希望ですか?」と尋ねた。

「いや、違います。すみません」

その必要はないのだが、なんとなくコソコソと立ち去った。

——何してるんだ、俺は。

夜の路上で立ち止まる。すでに日は完全に沈んでいた。こんな時間に下北沢で過ごすなら、どうするか。普通は長居できる飲食店を選ぶのではないか。安い居酒屋か、あるいは……。

以前、打ち上げで使ったカフェバーの存在を思い出した。琢磨は気に入って、その後も一人で何度か通ったと言っていた。カウンターで一人、酒でも飲んでいるのかもしれない。試しに行ってみることにした。

スタジオを出て左手に直進し、レコードショップの角で左折する。古着屋に行く時に通ったのと同じ道を南下すると、やがてカフェバーの入った建物が見えてくる。

躊躇《ちゅうちょ》なくドアを開ける。店内には映画のポスターやフィギュアが飾られていた。先客はいたが、琢磨ではなかった。

「すみません、人を捜してるんですけど」

念のためスタッフに声をかけたが、やはり琢磨らしき人物は来ていなかった。何も頼まないのも申し訳なく感じて、ガパオライスを注文した。ちょうど腹も減っている。ガパオライスを食べながら、店を出た後のことを考えた。

ふとスマホを見ると、マネージャーからのメッセージが来ていた。

〈琢磨の実家に連絡したけど、親御さんも知らないらしい〉

実家の線も不発だったか。返信を送る。

〈弟がいるらしいんですけど、連絡先わかりませんか〉

マネージャーからはすぐに返ってきた。

〈弟なんていないでしょ?〉

〈元バイト先の店長いわく、いるらしいですよ〉

〈親御さんはそんなこと言ってなかったけどな〉

情報が錯綜《さくそう》している。しかし、今は弟の存在よりも琢磨の居場所だ。下北沢で琢磨が最も長い時間を過ごした場所といえば、やはりあの古着屋しかない。

マネージャーとのやり取りを終え、店を出た。がむしゃらに歩き回ってもダメだ。閉店まで、例の古着屋で琢磨を待ち構える作戦に切り替える。やれることはやった。あとは連絡を待つしかない。

〈俺の気持ちになって下北沢を歩けばわかる〉

琢磨からのメッセージの「謎」は、いまだにわからない。

店が閉まる八時まで古着屋で待ったが、琢磨は現れなかった。

待っている間に一瞬だけSNSを覗《のぞ》いたが、炎上はまったく鎮火していない。むしろニュースサイトに取り上げられたせいでさらに燃え広がっている。マネージャーや他のメンバーも手分けして捜しているが、見つかる気配はなかった。

「もう帰って休みなよ。俊介の責任じゃないんだから」

閉店作業をしながら、店長はそう言ってくれた。

「……バンドのトラブルは、全員の責任です」

「だとしても。疲れてたら、見つかるものも見つからない」

実際、慣れないトラブルに、身体《からだ》も心も休養を欲していた。店長に勧められるまま、ひとまず家へ帰ることにする。

俺の自宅は永福町《えいふくちょう》にある。再び井の頭線に乗るため、下北沢の駅へと戻った。京王《けいおう》中央口の改札を通り抜けようとした直前、「お客様」と背後から声をかけられた。

「落とされましたよ」

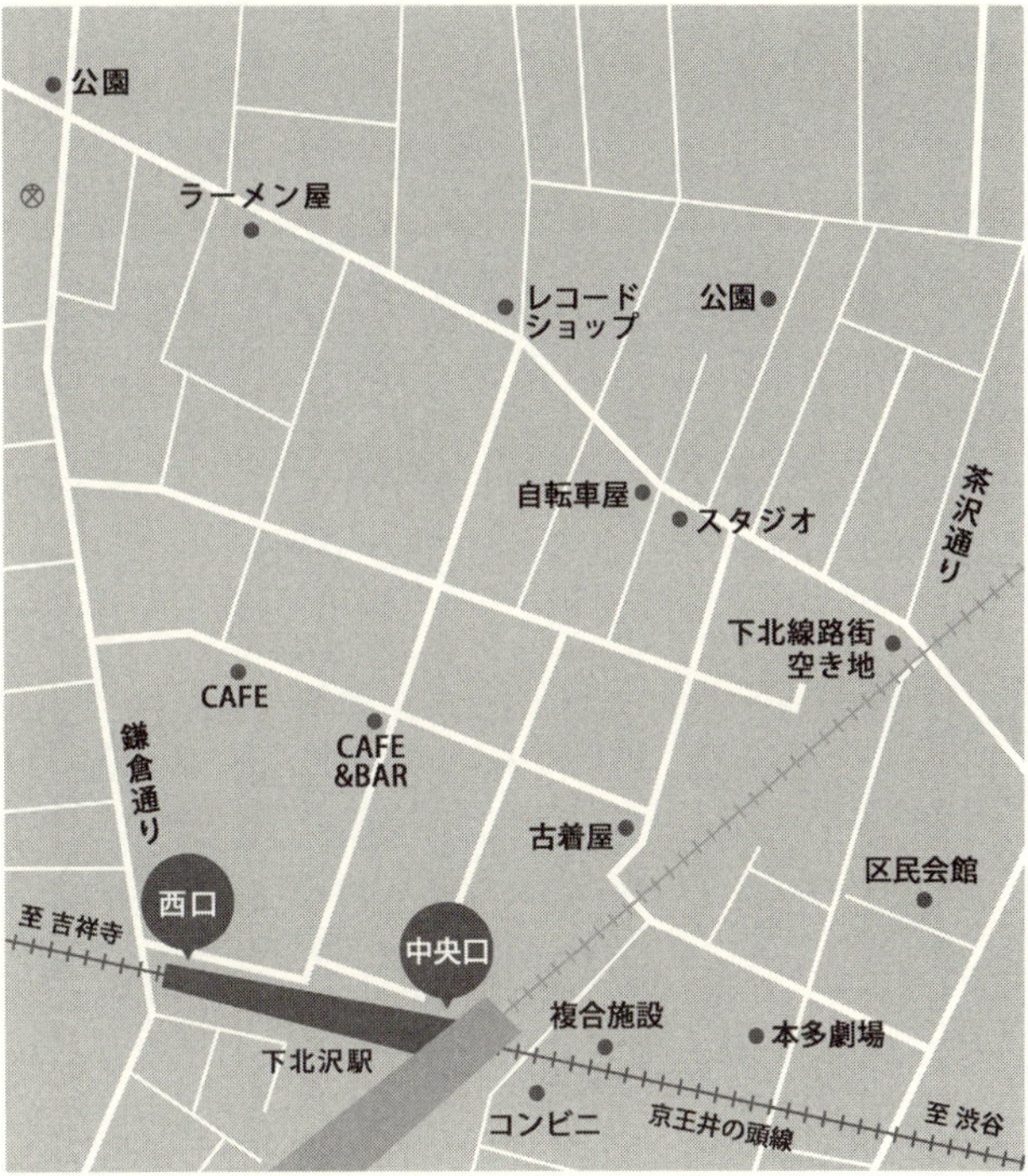
公園
ラーメン屋
レコード
ショップ
公園
自転車屋
スタジオ
茶沢通り
下北線路街
空き地
CAFE
CAFE
&BAR
鎌倉通り
古着屋
区民会館
西口
至 吉祥寺
中央口
複合施設
本多劇場
下北沢駅
コンビニ
京王井の頭線
至 渋谷

振り向くと、黒ぶち眼鏡《めがね》をかけた男性駅員が俺のスマホを持っていた。ジーンズのポケットに入れていたのだが、いつの間にか落としていたらしい。

「ああ、ありがとうございます」

礼を言って受け取ると、駅員はほほえみを返した。細身の体型で、年齢は三十代くらいに見える。ワイシャツに紺のネクタイを締め、京王電鉄の制服をきっちり着こなしている。制帽は乱れなく正面を向いていた。

姿勢よくこちらを見ている駅員に、俺は「すみません」と声をかけていた。そんなつもりはなかったのに、気が付けば声を発していた。

「なんでしょう」

なぜかこの駅員を見ていると、不思議と自分の悩みを聞いてもらいたくなる。この人ならちゃんと聞いてくれるはずだ、という妙な安心感があった。

「あの……人を捜しているんですけど」

「ご友人ですか」

「はい。大切な友人なんです」

なりゆきのまま、事の経緯を説明していた。すぐ横を通り過ぎていく利用客の視線など気にせず、立ったまま話す。駅員は俺の目を見て、時おりうなずきながら、誠実に話を聞いてくれた。

「それで、いったん休むために家へ帰るところなんです」

「大変でしたね。よければ、今日巡った場所を詳しく教えてもらえませんか？」

「もう一度、ですか」

「ええ。ご友人の気持ちになってみようかと」

バンドメンバーの自分が一日考えてわからなかったのに、琢磨と面識すらない駅員にわかるのだろうか。疑念を抱《いだ》きつつ、地図アプリを起動する。

「最初に行ったラーメン屋がここです」

スマホの画面を指さすと、駅員は「なるほど」とつぶやいた。

「次にこの古着屋に行って、その後こっちのスタジオ。で……」

説明の間、駅員は黙ってスマホを見つめていたが、じきに「いいですか」と言った。

「偶然かもしれませんが」

「どうかしました？」

「矢印になっていませんか」

「はい？」

生真面目《きまじめ》な顔で、いったい何を言っているのか。眉間《みけん》に皺《しわ》を寄せると、今度は駅員が説

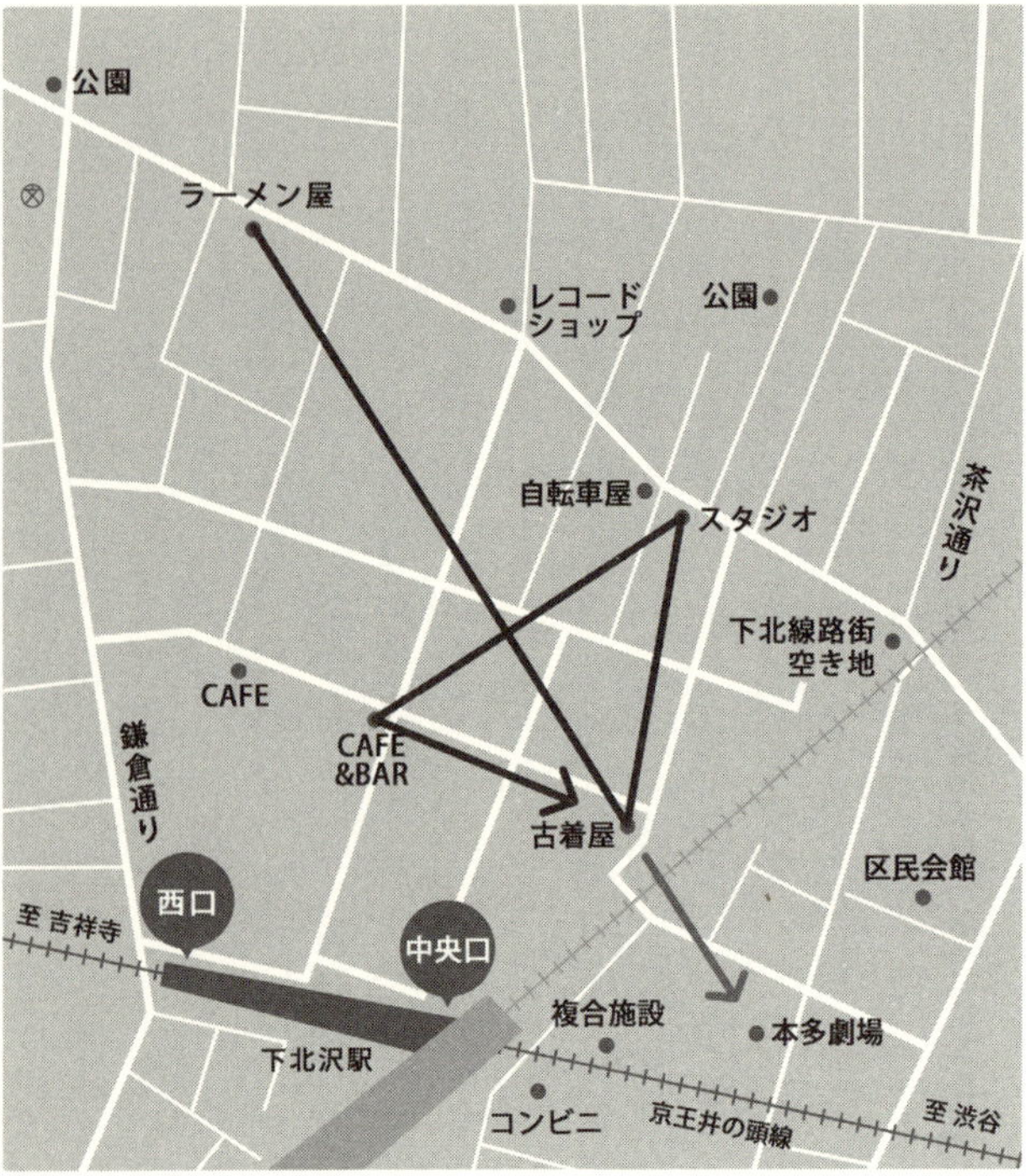
公園
ラーメン屋
レコード
ショップ
公園
自転車屋
スタジオ
茶沢通り
下北線路街
空き地
CAFE
CAFE
&BAR
鎌倉通り
古着屋
区民会館
西口
至 吉祥寺
中央口
複合施設
本多劇場
下北沢駅
コンビニ
京王井の頭線
至 渋谷

明してくれた。

「その順番で線を引くと、矢印ができるんです。ラーメン屋、古着屋、スタジオ、カフェバー、そしてまた古着屋……」

地図アプリに表示された各地点を指でなぞる。人差し指は、空中に綺麗《きれい》な矢印を描いていた。

「……本当だ」

偶然にしては、できすぎている。〈俺の気持ちになって下北沢を歩けばわかる〉というのは、こういう意味だったのか。駅員はまだぼそぼそと話している。

「もしかすると、これは一日の流れなのかもしれませんね。ラーメン屋でランチを食べて、古着屋で働いて、スタジオに行って、最後にカフェバーでお酒。そして次の日もバイトに向かう……こう考えれば、順番も納得がいきます」

「待ってください。じゃあ……」

矢印の先にあるものの名前を見た。琢磨は今もここで、俺が来るのを待っているのか。

黒ぶち眼鏡の駅員に勢いよく頭を下げた。

「ありがとうございます。わかったかもしれません」

「お役に立てたのなら光栄です」

駅員は再度ほほえみ、人混みに紛《まぎ》れて去っていった。

改札に背を向け、再び下北沢の街に飛び出した。足取りに迷いはない。行き先はもう決まっている。それより、琢磨と会って最初に何を言ってやろうか。聞きたいことは山ほどあった。

目指すは本多劇場だ。


下北沢には複数の顔がある。ライブハウスを擁する音楽の街、古着屋や雑貨屋が並ぶショッピングの街、飲食店がひしめくグルメの街。そして、演劇関係者たちが集《つど》う街でもある。劇団に属している知り合いがいるため、俺も少しは知っている。本多劇場は、小劇場の世界では知らない者がいないほど有名らしい。

その本多劇場の正面出入口にある植えこみに、琢磨は腰かけていた。電灯付きの地下駐車場の看板が、琢磨の横顔を照らしている。息を切らしながら駆け寄ると、にやりと笑った。

「結構時間かかったね」

気の抜けた笑顔を見ていると、ふつふつと怒りが湧いてきた。

「……ふざけんなよ」

ホームでつぶやいた言葉を、今度は直接ぶつけた。

「状況わかってんのか、お前」

「デビュー曲の歌詞がとあるブログの記事と同じだとわかって、盗用疑惑で大炎上。こんな感じで合ってる？」

とっさに琢磨の胸倉をつかんでいた。

「のんきなこと言ってる場合か？」

「俺はずっと待ってたんだよ。この時を」

耳を疑った。

琢磨は、デビュー曲が炎上するのを待っていたとでも言うのか？　そんな愉快犯に、俺たちは人生を賭けてしまったのか？

「まさか、最初から全部ぶち壊すつもりだったのか」

「違う、そういうことじゃない」

すっかり混乱していた。いったい何が事実で、何が誤解なのか。ふと頭をよぎったのは、下北沢を歩きながら見聞きしたいくつかの事柄と、盗用だとされる歌詞だった。

俺の脳裏に、ある仮説が閃《ひらめ》いた。

「……そういうことなのか？」

仮説が正しいかはわからないが、そうだとすればデビュー曲の歌詞とブログの記事が同じであることの説明はつく。

琢磨はまだ口を開こうとしない。

視線が交差する。ざわつく夜の下北沢で、俺たちの周囲だけが沈黙に包まれていた。

*

沸騰《ふっとう》する直前の水に、ふつふつと泡が沸き上がってくる感じ。ライブ前は、いつもそんな心境になる。

俺は楽屋で最後の調整をしていた。琢磨はライブハウスの裏で電話をしている。他のメンバーはすでにステージで準備をしている。

今日の会場は、メジャーデビュー前に最後のライブをやったハコだ。下北沢でやることにしたのは、凱旋などという意味合いではない。メジャーで一曲出したくらいで、偉そうな言葉を口にしたくはなかった。

発案したのは琢磨だった。

――やっぱり俺たちは、この曲をシモキタで演奏しないといけないと思う。

誰からも異論はなかった。みんなすでに、琢磨がデビュー曲をつくった意図を理解していたからだ。

本多劇場の前で琢磨と対峙《たいじ》した夜のことを思い出す。

「考えてることがあるなら、言ってみれば？」

琢磨が挑発するような口ぶりで言った。

俺は迷っていた。仮説はあるが、それが正しいという保証はない。違っていれば、琢磨を傷つけることになるかもしれない。胸のうちを見抜いたかのように、琢磨は「大丈夫だから」と言った。

「間違ってたら、笑い飛ばしてやるから」

その一言で決断できた。俺は深呼吸をしてから、一息で言う。

「あのブログを書いたのはお前の弟か？」

琢磨は笑わなかった。それが、彼なりの肯定の返事だった。

「もしかしてお前の弟は、もうこの世にいないのか？」

やはり、琢磨は沈黙を選んだ。その口元にはひとかけらの笑みも浮かんでいない。

――そういうことなんだな。

どうやら、仮説は正しかったらしい。

マネージャーは、琢磨に弟なんかいないと主張していた。一方で店長が言うには、琢磨は帰省する時「弟に会いに行くんです」と言っていたという。一見矛盾しているが、琢磨の弟がすでに亡くなっているのだとしたら、辻褄《つじつま》が合う。

「ブログの主があの投稿を最後に更新していないのも、そういうことか？」

今度は反応があった。琢磨は小さくうなずき、「あの一週間後だった」と言った。

「弟は亡くなるまで長い間、入院していた。唯一、外の世界に発信できるのがあのブログだった。あいつは音楽が好きで、よく言ってた。病室を出られたら、バンドマンになってライブハウスの舞台に立つって。全国に自分が作った曲を届けるんだって」

俊介は歌詞の一節を思い出す。

ここではない場所にいつも行きたかった
ガラス窓に映った自分の顔はもう見飽きた

この詞は、長い間入院していた自分自身のことを言っていたのだろうか。

桜の木は葉をつけて枯れ　また花を咲かせる
その季節を俺はまた迎えられるかな

もしかしたら、弟自身も長く生きられないことを予感していたのかもしれない。

「……あいつ、ずっとこの土地に憧《あこが》れてたんだよ。絶対に下北沢のライブハウスでやるんだって言ってた。だから俺もシモキタでメンバーを探すことにした。どんな場所かも知らなかったけど」

「琢磨が音楽はじめたのは、弟のためなのか？」

「どうだろう。俺のためでもあるし、弟のためでもある」

一瞬、琢磨の目に寂しげな色が浮かんで、すぐに消えた。

「でもデビュー曲の歌詞は、絶対にあのブログから使うって決めてた。あれは、弟の最初で最後の作詞なんだ」

琢磨は本多劇場のエントランスへと目をやった。まるで、まばゆい光の向こうにいる誰かへ視線を送っているかのようだった。

「それなら、なんで言わなかったんだ。最初から言ってくれてればこんな騒動にならなかったのに」

怒る俺に、琢磨は肩をすくめた。

「あのプロデューサーがはじめに言ってたこと、忘れたのか。琢磨君が作詞作曲した作品で、って言ったんだぞ。あの人たちからすれば、俺の弟が作詞したなんて言えば、約束を破ったことになる」

「じゃあ、あのブログもわざと放置していたのか？」

琢磨は再びうなずく。

彼はまさに、この時が来るのを待っていた。どこかの誰かが、デビュー曲の歌詞が無名のブログ記事と同じだと気付いてくれる時を。派手に炎上してくれる瞬間を。その時になってようやく、琢磨は明かすつもりだったのだ。

亡くなった弟の夢を、デビュー曲を通して実現したのだという事実を。

「あのわかりにくいメッセージも、時間稼ぎのためか？」

「なにが？」

「矢印だよ」

あれね、と琢磨はいたずらっぽく笑った。

「俊介たちも必死で捜してるみたいだし、まったく返信しないのも気の毒だと思ってね。かと言ってすぐに見つけられても困るから。少しは楽しめた？」

「バカか」

そう言いながら、つい笑っていた。

琢磨は植え込みから下り、空に向かって伸びをした。

「そろそろ、行く？」

「……これから面倒なことになるぞ」

「いいの。面倒なことにするつもりだったんだから。もしもこの件で嫌になったなら、抜けてくれてもいいよ。俺には引き留める権利なんてないから」

「抜けるわけないだろ」

俺ははじめて琢磨と会った日のことを思い出していた。

――俊介さんなら、途中でやめるなんて言い出さないと思ったんで。

――上等だよ。お前とやってやる。

あの返答に嘘《うそ》はない。

琢磨が信念を貫くための行動なら、どこまでも付き合うつもりだった。


ライブハウスの裏で電話をしていた琢磨が、楽屋に戻ってきた。

「誰と電話してたんだ？　彼女か？」

マネージャーがひやかすと、琢磨は顔をしかめた。

「親。今日、ここに来てるんだって」

「いいじゃんか。親にいいところ見せてやれよ」

琢磨はむすっとした顔でペットボトルの水を飲んだ。童顔の琢磨がむくれると、怖さよりもかわいげが増す。

開演は刻々と迫っている。マネージャーも様子を見に部屋を出た。楽屋に残っているのは、俺と琢磨だけだった。

——そろそろ行くか。

立ち上がると、琢磨が声をかけてきた。

「そういえば、例の駅員さんにお礼言えた？」

「それな……見つからなかった」

数日前、感謝を伝えるために下北沢駅で例の駅員を捜した。あの夜、琢磨の居場所がわかったのは彼のおかげだ。そのことは琢磨にも話してある。

だが構内をくまなく歩いても、黒ぶち眼鏡をかけた駅員は見つからなかった。仕方がないので、通りかかった駅員に特徴を事細かに伝えたが、「当駅にはそういった職員はいませんね」という回答だった。わざわざ駅事務室に戻って確認までしてくれたが、答えは同じだった。そう言われてしまえば、引き下がるしかない。

あの駅員はいったい何者だったのか。

「制服着てたし、絶対に駅員だと思うんだけどな」

「妖精《ようせい》だったんじゃない？」

「京王電鉄の制服を着た妖精？」

俺と琢磨は互いの目を見た。思わず、同時に笑った。

楽屋のドアが開いて、マネージャーが顔を出した。

「いい加減、準備しろよ」

「はーい」

琢磨が軽い調子で答えて楽屋を出て行く。その後に続いた。

耳の奥で、こぽこぽ、と音が聞こえる。水は沸き立つ寸前だ。あとはステージで沸騰させるだけだった。全部蒸気になって干上がるまで、身体じゅうの水分を熱くたぎらせる。それが、俺たちのライブの作法だった。

暗闇のなかから、照明が輝く舞台へと進む。

ステージ上にほんの一瞬、もう一人のメンバーの姿が見えた。満面の笑みを浮かべた少年の横顔は、どこか琢磨と似ていた。

はじめて降り立つ下北沢の街は、大人の気配がした。

楽器をかついだ男たち、手をつないで歩くカップル、喫煙所にたちこめるタバコの煙。週末の昼下がり、駅前の雑踏にいるのは大人ばかりだった。地元の駅とはあまりに様子が違う。

やっぱり、高校一年生で来るところじゃなかったのかもしれない。

「来ちゃったよ、シモキタ」

隣で弟が目を輝かせている。緊張を押し隠して「来たな」と答えた。

弟が下北沢に行きたいと言いだしたのは昨日のことだった。来週からの入院は長くなる予定で、いつ退院できるかわからない。入院前に一度だけでも憧れの街に行きたい。そう主張する弟に、親は難色を示した。体調が万全とは言えない以上、遠出はしてほしくないという親心からだ。

でも俺は、入退院を繰り返す弟に、憧れの場所での思い出を作ってほしかった。付き添いも申し出た。熱心さに折れた親から、「一、二時間なら」という条件付きで許可が出た。

「行きたい場所あるか？」

問いかけると、音楽好きの弟は「ライブハウス！」と即答した。

希望通りライブハウスへ足を運んだが、昼間からライブをやっているはずもない。外観を眺めるだけだったが、それでも弟は「すげえ」と連呼していた。

その後、いくつかの古着屋を冷やかした。俺はいつしか、自分の服選びに夢中になってしまった。そのうち、気が付けば弟の姿が見えなくなっていた。

「あれ？」

焦って店内を見て回ったが、どこにもいない。店員にも聞いたが見ていないという。弟は身体の弱い中学生だ。万が一のことがあったら。想像するだけで、心臓が鷲《わし》づかみされたように苦しい。

来た道を戻っていると、携帯に弟から着信があった。焦るあまり、電話をかけることすら思いつかなかった。

「どこにいるんだ？」

勢い込んで尋ねると、弟は不安げに「わからない」と言った。

「ごめん。勝手に動くつもりなかったんだけど、いつの間にかはぐれちゃって」

「そんなのいいから。落ち着け。周りに目印とかないか？」

「えっと……本多劇場って建物がある」

「わかった。そこから動くなよ。すぐに行くから」

「待ってるよ、本多劇場で！」

いったん通話を切り、地図アプリで場所を確認してから、小走りで目的地へと向かう。その間も、さっき耳にしたばかりの一言が幻聴のようにこだましていた。

——待ってるよ、本多劇場で！

高尾山口編

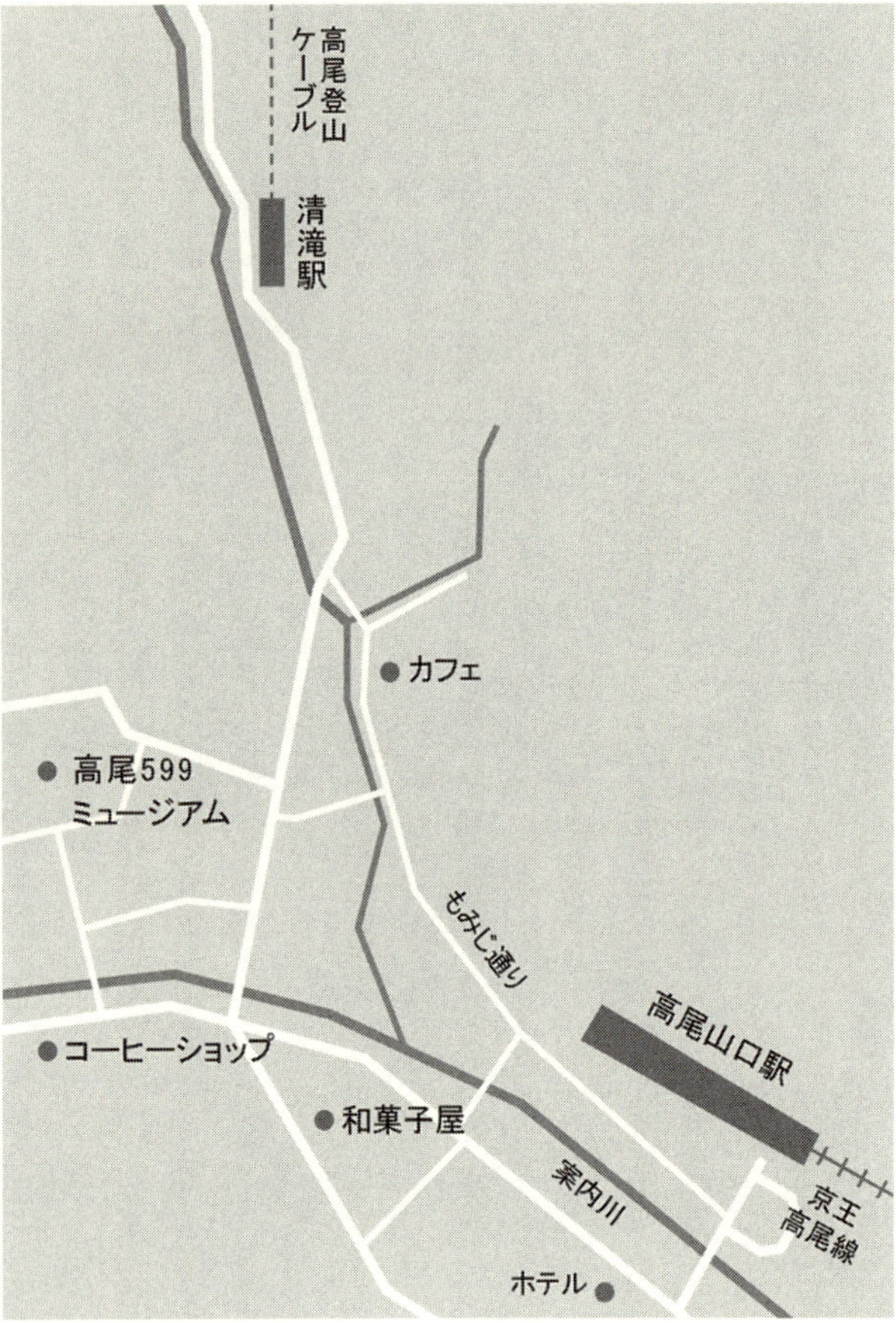
高尾登山ケーブル
清滝駅
カフェ
高尾599
ミュージアム
もみじ通り
高尾山口駅
コーヒーショップ
和菓子屋
案内川
京王高尾線
ホテル

「おい、多摩川《たま》越えるぞ」

隣の席の龍也《たつや》に話しかけるが、反応はなかった。

九時ちょうどに新宿《しんじゆく》駅を発《た》ったMt.TAKAO号は、快調に飛ばしている。停車したのは明大前《めいだいまえ》駅だけで、そこから先は一度も扉が開いていない。終点の高尾山口《たかおさんぐち》駅まで三十二駅も連続通過するというから、その名の通り、高尾山に行く人のためだけに用意されているのだろう。

先ほど中河原《なかがわら》駅を通過した車両は、今まさに多摩川を越えようとしている。龍也は窓の外の景色には興味がない様子で、瞼《まぶた》を閉じて音楽に集中していた。

その両耳にはワイヤレスイヤフォンがはめこまれている。家を出てからというもの、ずっとこうだ。Mt.TAKAO号に乗りこむ時には「高尾山口まで直行らしいな」と声をかけたし、調布《ちようふ》駅の手前では「地下に入ったみたいだ」と言ってみたが、いずれも返答はなかった。

一瞬だけスマートフォンの画面が見えたが、どうやら〈Estuary《エスチユアリー》〉とかいうバンドの楽曲を聴いているらしい。その名前は勤め先の中学の生徒たちから聞いた覚えがあった。若者の間で流行《はや》っているのだろう。

多摩川を過ぎたあたりから、車窓の風景は少しずつ山々へと変化しはじめた。単調に見える風景も注視してみると案外面白い。高幡不動《たかはたふどう》駅すぐの車両基地には見覚えがあり、前回高尾山へ来た時のことをおぼろげながら思い出す。

北野《きたの》駅を通過して数分後、左側の窓から見える山影の奥にひときわ目立つ高峰《こうほう》が覗《のぞ》いていることに気が付いた。

「今、富士《ふじ》山が見えた」

再び龍也に声をかけるが、やはり無視された。

龍也が中学生のころはこうではなかった。もっと素直でよく話す子だった。ほんの三か月前まではは。しかし現在、高校一年生になった龍也は一変して心を閉ざしている。

——どうして……。

なぜこんなことになってしまったのか。過去を振り返っても、私には思い当たる節がなかった。

＊

龍也がサッカーをはじめたのは五歳の時だ。

生まれた時から、一人息子にはサッカーを習わせたいと思っていた。自慢ではないが、サッカーの心得はある。小学生からはじめて、大学生の時はリーグのベストイレブンに選ばれたこともある。中学校の教員という道を選んだが、当時はプロに行った連中と比べてもそう劣りはしなかったはずだ。息子がサッカーをはじめれば人並み以上に教えられる自信はあった。

ただし、強制するのはやめようとも決めていた。

「あなたが選手だったことと、龍也がサッカーやるかどうかは別問題だからね？」

妻からは何度もそう釘《くぎ》を刺された。こちらにも異論はない。あくまで本人の意思を尊重する、というのが私と妻の結論だった。

それでも、密《ひそ》かに期待していたことは否定できない。ＦＣ東京のファンである私は、自宅で龍也と一緒によく試合を見た。ホームスタジアムまで観戦に連れて行ったこともある。一般的な家庭よりサッカーに接する機会が多かったのは間違いない。

龍也が五歳の時。夕食の席で、唐突に箸《はし》を置いた息子は意を決したように言った。

「ぼく、サッカーやりたい」

この時の嬉《うれ》しさをどう表現すればいいだろう。正直に言えば、ずっとそう言い出してくれるのを待っていた。妻が「いいの?」と尋ねると、龍也はこくりとうなずいた。

「うん。サッカー好きだから」

胸の奥に熱いものがこみあげてきた。絶対にこの子を一流のプレイヤーにしよう、と決意した。

しかし直接指導できるチャンスは、なかなか訪れなかった。私は勤め先の中学校でサッカー部の顧問を務めていて、個別に息子に教える時間がなかった。そもそも龍也が通うクラブチームには専任のコーチがいて、保護者がでしゃばる余地などない。寂しいわけではないが、物足りない思いはあった。

中学に進学する前、龍也はコーチからジュニアユースに誘われた。このまま地元のクラブでプレーするべきか、私が指導する学校のサッカー部に入るべきか。悩んだが、やはり進路は本人に決めてもらった。

「お父さんの学校でプレーしたい」

その一言を尊重した。小学校の卒業と同時にクラブは退団し、中学のサッカー部に活動の軸足を移した。

過酷な練習の甲斐あって、昨年、関東大会出場を果たした。龍也はキャプテンであり、チームのエースでもあった。最後の試合終了後、全員で号泣した。私は部員たちの肩を抱いて悔しさを分かち合った。

　部を引退してからも、表向き龍也に変わった様子はなかった。サッカー推薦で高校に進学してからも、私はことあるごとに「今後も活躍してくれ」「龍也なら大丈夫だ」と励まし続けた。口先だけでなく、本心からの願いであり、確信だった。龍也には、周りの期待に応《こた》えられるだけの才能が必ずある。

　それなのに。

　龍也が高校に入学して三か月が経《た》った七月。夜遅く帰ってきた私に、パジャマ姿でテレビを見ていた妻が言った。

「あの子サッカーやめたんだって」

「えっ、なんで？」

　思わず強い口調で問い返していた。

「私だって知らない。自分で聞いてみたら」

　龍也は妻にも詳しいことを告げていないようだった。自室に閉じこもっている龍也に、ドアの外から声をかけたが返事はなかった。もう寝ているのかもしれない、と考えてその夜は諦《あきら》めた。

翌日も、龍也は自室からほとんど出てこなかった。十代半ばが繊細な年頃であることは、中学教師としてよくわかっているつもりだ。とりあえず様子を見ることにした。

だが、次の日になっても、その次の日になっても龍也は部屋から出てこなかった。私や妻が何度話しかけても応じない。期末試験の時期に入っても、その態度は変わらなかった。

あれ以来、龍也は一度も高校に行かないまま、夏休みに入ってしまった。


七月のある夜、妻と二人きりで食卓を囲んでいた。

「あの子が小学生のころ、高尾山行ったの覚えてる？」

食事中に妻が切り出した。

「覚えてるよ。十歳の時だろ？」

かつて、龍也と高尾山に登ったことがあった。クラブチームの練習が休みになり、どこかへ遊びに行きたいとねだる龍也を連れていったのだった。妻は仕事の都合で来られず、私と龍也の二人だった。父子だけで旅行をしたのはあれが最初で最後だ。

「また一緒に行ってみたらどうかな」

「高尾山に？」

思いがけない提案だった。妻は昔を懐かしむように目を細めた。

「龍也、すごく楽しかったみたい。しばらくは『また高尾山に行きたい』ってしつこかったもの。たぶん、龍也にとっていい思い出なんだと思う。久しぶりに誘ってみてくれないかな、高尾山に」

「誘っても、乗ってくるかどうか……」

戸惑う私に、妻がむっとした顔で言う。

「ねえ。このままじゃまずいってこと、わかってるよね？」

本当は私も理解していた。忙しさを言い訳に先延ばししているが、いずれ龍也と本気で向き合わなければいけないことを。

翌日の夜、ドア越しに龍也へ声をかけた。

「今度の週末、二人で高尾山に行かないか？」

私は当時の記憶を引っ張り出し、あれこれと思い出を語った。しかしどれだけ熱弁を振るっても応答はない。諦めて立ち去ろうとした時、ドアの向こうからぼそっとつぶやく声が聞こえた。慌てて部屋の前に戻る。

「今、何か言ったか？」

「……何月何日？」

急いで手帳を取りに戻った私は、すぐに候補日を伝えた。七月末なら行ってもいい、というのが龍也の返事だった。妻は喜んだあと、一転して真剣な表情になった。

「どうにか不登校の理由を見つけて、部屋から出てくるきっかけを作って。これが最後のチャンスかもしれないからね。龍也の将来がかかってるの。お願いね」

黙って首を縦に振るしかなかった。

*

新宿駅を発ってから四十分ほどで高尾山口駅に到着した。ホームに降り立って深呼吸をする。心なしか、都心よりも空気がうまい。適度に雲が出ているおかげで気温も落ち着いており、まさにハイキング日和《びより》だった。隣にいる龍也の顔だけが曇っている。

「すぐだったな。こんなに近いなら、もっと早く来ればよかった」

龍也にも聞こえる声で言ってみたが、当然返事はない。

――どうして来ようと思った？

そんな疑問が浮かぶほど、龍也の横顔は気《け》だるそうだった。大きいリュックサックを背負っているが、持ってくるような荷物があるのか？

改札を出て右に折れ、道なりに歩く。人出はあるが心配していたほどではない。木漏《こも》れ日を浴びながら川沿いを進み、商店や飲食店が並ぶ表参道を抜ける。五分ほどでケーブルカー清滝《きよたき》駅に着いた。

山頂に至るコースはいくつかあるが、今回は1号路《いちごうろ》という最もポピュラーなコースを選んだ。麓《ふもと》から徒歩で登ることもできるが、ケーブルカーを使えば一気に中腹まで行くことができる。

「ケーブルカー使うけどいいよな？」

龍也に確認すると、黙ってうなずいた。無言でも反応があったことが嬉しい。

黄色と赤色でカラーリングされた車両に乗る。車内は八割ほどの入りだった。出発と同時に車内アナウンスが鳴り響き、この車両が「もみじ号」であることを教えてくれた。途中で線路が二つに分かれ、向こうから緑色の車体の「あおば号」がやってくる。すれ違う瞬間、双方の乗客が窓越しに手を振りあっていた。

徐々に勾配《こうばい》が急になる。生《お》い茂る木々の間を抜けて、車両はぐんぐん上昇していく。かなりの急斜に、車両内でちょっとしたどよめきが起こった。その間も龍也はまばたきもせず、窓の外の風景を眺めていた。いつの間にかイヤフォンを外している。

「……ただいま、三十一度十八分」

アナウンスが勾配の角度を教えてくれた。ケーブルカーでは日本一の急勾配らしい。山の中腹には五分少々でたどりついた。いよいよ山登りの開始だ。

「悪い。トイレ行くから待っててくれ」

ぼんやり辺りを見回している龍也に断りを入れて、改札の向かい側にあるトイレに入った。少しずつ龍也とコミュニケーションが取れてきた感じがする。もしかすると、この小旅行を機に事態が好転するかもしれない。

戻ってくると、龍也はいなくなっていた。

「あれ……」

周囲の店舗や展望台を見て回るが、どこにも姿はなかった。電話をかけようかと思った矢先、スマートフォンに龍也からのメッセージが届いた。

〈先に頂上行ってる〉

思わず「おいおい」と口に出していた。せっかく二人で来ているのに、別々に山頂を目指す意味がわからない。〈どこにいる?〉とメッセージを送ったが返信はなく、電話をかけても出なかった。

　これ以上ここに留《とど》まっていても仕方ない。一人で山頂を目指すことにした。山頂までは四、五十分で行けるはずだ。そこで合流して、二人で下山するしかない。

「高尾山スミカ」という売店施設の横を通ると、天狗焼《てんぐやき》などの名物が目についた。天狗の顔を模したお菓子で、なかには黒豆あんが入っているらしい。まっすぐ進むとちょっとした展望スポットがあり、そこで麓から1号路を登ってくるルートと合流する。深緑色の木々の向こうに新宿方面の街が見える。

　道なりに山道を登ると、「霞台《かすみだい》」という広場に出た。そこを抜けてしばらく歩くと、左手に「さる園・野草園」が現れる。

　——そういえば……。

　昔、小学生だった龍也と来た時にさる園へ立ち寄ったことを思い出した。あの時、使い捨てカメラで一緒に記念撮影をした記憶があるが、写真はどこへやっただろうか。妻に渡してそれっきりかもしれない。

　しめ縄の飾られた「たこ杉」の前を通り過ぎる。その名の通り、根がたこの足のように曲がっていた。黙々と山道を歩いていると、とりとめのない考えが頭をよぎる。

　サルの集団には序列があるそうだが、ヒトの社会にもいろいろある。毎日数十人の中学生を相手にしていると、その事実を痛感せずにはいられない。スクールカーストをなくすことはできないし、どんなに注意してもいじめを根絶することは難しい。

妻にも話していないが、実のところ、龍也が不登校になった理由は察しがついていた。

龍也は中学生になってから欠かさず日記をつけている。私が勧めたことがきっかけだった。

記録をつけることは日々の振り返りになる。一言でもいいから練習で感じた内容を毎日記録すること。以前から部員たちにはそう言っていた。龍也にも同じことを伝えたら、渋々「わかった」と答えた。最初は気が進まなかったようだが、いつからか習慣になったらしい。日記を書いていることを公言し、他の部員にも勧めるようになった。そういうわけで、龍也が日記をつけていることは知っていた。

昨日の夜のことだ。高尾山行きの支度《したく》をしている最中、ふと龍也のことが気になった。遠征で荷造りには慣れているだろうが、直前で心変わりするかもしれない。龍也の部屋の前に立ち、いつものように声をかけてみた。

「明日の準備、大丈夫か？」

返事はない。それは想定のうちだが、室内から物音一つ聞こえないのが気にかかった。寝ているのだろうか。ドアノブを回してみると、鍵《かぎ》がかかっていなかった。「入るぞ」と声をかけてからドアを開けた。

室内には誰もいなかった。浴室から水音が聞こえる。どうやら風呂に入っているらしい。

龍也の部屋に入るのはずいぶん久しぶりだ。中学生のころは床にサッカー雑誌やテーピングが散乱していたが、さっぱりと片付いていた。かつてユニフォームが掛けられていた場所には、代わりに風景写真が飾られている。息子はサッカーをやめたのだという事実が、あらためて胸に迫る。

ふと、デスクの上に広げていたノートが視界に入った。今も律儀に日記をつけているのか。言い訳に過ぎないが、わざわざ読もうと思ったわけではない。開かれたページにはボールペンで数行、こう記されていた。不登校になる直前の日付だ。

もう耐えられない。
この地獄がいつまで続くんだろう。
毎日毎日あいつは俺を苦しめる。もううんざりだ。
俺は好きなように、自由にやりたいだけなのに。

衝撃で、しばらくその場から動けなかった。とりわけショックだったのは「地獄」という言葉だった。

——いじめか。

中学教師になって二十年近く経つ。いじめを巡るトラブルは少なくなかったが、自分なりにやれることはやってきた。それなりに経験を積んできた自負はある。

しかし、息子がいじめの被害者になった時の対処法はまるで身に付けていなかった。

呆然《ぼうぜん》としていると、じきに廊下から足音が聞こえてきた。とっさに部屋を出ると、風呂から上がってきた龍也と鉢合わせした。正面から私を睨《にら》んでくる。

「明日の準備が心配で。様子を見にきた」

そう言ってみたが、龍也は何も答えず私の横をすり抜けた。部屋に入って勢いよくドアを閉める。静まりかえった廊下でため息を吐いた。

——まさか、いじめに遭っているとは。

意識は高尾山の1号路に戻っていた。どこからか鳥の鳴き声が聞こえる。緑の香りは歩を進めるごとに濃くなっていた。

目の前に現れた浄心門《じょうしんもん》をくぐる。直進し、赤い灯籠《とうろう》に挟まれた参道を歩いた。やがて道は二手に分かれる。右手はなだらかな坂道であり、「女坂《おんなざか》」と呼ばれる。左手の道は百八段の階段がある「男坂《おとこざか》」だ。

疲れのせいか、足は自然と女坂へ向いた。なだらかな坂道を進むと、茶屋が見えてきた。男坂との合流ポイントだ。ベンチで休んだり、だんごを頬張《ほおば》る登山客がいる。

初心者向けの山とはいえ、さすがに汗をかく。ベンチに腰かけて休息をとり、タオルで首や顔を拭《ぬぐ》う。スマートフォンを確認したが龍也からの反応はまだない。やはり山頂まで行くほかに、再会する手段はないようだ。

「しょうがないな」

独り言をつぶやいて、再び歩き出した。

ひたすら足を動かすと、薬王院《やくおういん》にたどりつく。山門をくぐると、石造りの巨大な輪に登山客が並んでいるのを見かけた。調べてみると、願叶輪潜《ねがいかなうわくぐり》と呼ばれていることがわかった。願い事を念じながら輪をくぐり、その先の大錫杖《だいしゃくじょう》を鳴らすと願いが叶《かな》えられるという。

いつもなら素通りしていたかもしれないが、私には願い事があった。最後尾に並び、前の人に倣《なら》って輪をくぐると同時に念じる。

——龍也がいじめから解放されますように。

自分の名前と住所を唱えながら、錫杖を鳴らす。これがルールらしい。

境内《けいだい》を抜け、あとは看板の掲示に従って山頂を目指す。登山道は整備されているため歩きにくさはない。頂上が近いせいか、かえって道のりが長く感じられる。

――そろそろ見えてもいいはずだが。

他のコースとの合流地点を過ぎ、道幅の広いなだらかな坂を進む。若いころなら疲れもしなかっただろうが、四十歳を超えた肉体にはほどよい道のりだ。汗を拭《ふ》きながら登っているうち、疲労が快感に変わってくる。一定のリズムが徐々に心地よくなってくる。

坂を登りきると、開けた場所に出た。軽いざわめきが辺りにこだましている。大勢の登山客が木陰で休んだり、茶屋を見て回ったりと思い思いに時間を過ごしていた。「高尾山頂」と記された大きな標識の前で記念撮影をしている人もいる。みんな、どこか満ち足りた表情だった。

――着いた。

時間差でようやく実感した。ケーブルカーの駅を出発してから一時間弱。ここが、高尾山の頂上だ。

端《はし》にある展望台へ向かう。頬や腕をなでる風が心地いい。自動販売機でペットボトルの緑茶を買って、一気に飲んだ。冷たい緑茶が爽《さわ》やかな風味とともに喉《のど》を滑り落ちていく。こんなにうまい緑茶を飲んだのはいつぶりだろう。

しばし山頂を歩き回り、ようやく龍也を見つけたが、目が合うと顔を逸《そ》らされた。

「やっと見つけた」

龍也は私の声など聞こえないかのように、スポーツドリンクに口をつける。

「心配しただろ。なんで勝手に先に行ったりしたんだ?」

やはり返事はない。龍也はペットボトルから口を離し、なぜかあさっての方角を見つめていた。

「おい、聞いてるのか。お父さんはな……」

「どうしたんだろ、あの人たち」

ふいに龍也が言った。つられてその視線の先に目をやると、デジタルカメラを手にきょろきょろと周囲を見回している男女がいた。年齢は二人とも六十代くらいだろうか。龍也は迷いのない様子でさっと二人に近づく。

「大丈夫ですか?　写真、撮りましょうか?」

「本当ですか。助かります」

男性の表情がやわらぐ。しかし横から女性が「でも」と言った。

「設定がおかしいみたいで。うまく撮影できなくて……」

「貸してください」

龍也はデジタルカメラを受け取り、手早く撮影の準備を整えた。「大丈夫ですよ」と伝えると、二人は今度こそ安堵《あんど》した顔つきになった。寄り添う二人にレンズを向け、龍也がファインダーを覗きこむ。私はその一部始終をただ見ていた。

撮影が済むと、男女は丁重に礼を言い、去っていった。愛想よくふるまっていた龍也がまた仏頂面《ぶっちょうづら》に戻る。

「よく気付いたな」

「別に。もう用事終わったし、帰ろう」

龍也はさっさと歩きだした。慌てて後を追いかける私は、その言葉の意味を理解しかねていた。「用事」とはいったい何だ?

下山中も会話はなかった。龍也は勝手に登山道を下りていく。

私はリュックサックを背負った息子の背中を見ながら、いつ話を切り出すべきか迷っていた。用意してきた言葉は山ほどあった。だが薬王院を過ぎても、男坂を下っても、まだ話しかけるきっかけをつかめずにいた。いっそ昼食のタイミングまで待ったほうがいいのかもしれない。

「日記、見たんだろ」

突然、龍也が口を開いた。

「えっ？」

「日記。昨日、俺が風呂入ってる間に勝手に読んだんだろ」

――ばれていたのか。

龍也はペースを落とさず歩き続ける。焦りながら、私は必死に言い訳をひねり出す。

「そんなつもりはなかったんだ……申し訳ない」

「あれ読んだなら、わかったよな？」

「ああ。悪かった、いじめに気付けなくて」

龍也がぴたりと足を止めた。同じく私も止まる。ゆっくりと振り返った息子の顔には、あからさまに失望の色が浮かんでいた。救いの手を差し伸べてくれなかった親にがっかりしているのだろうか。

「部内でいじめられているんだろう。無理しなくてもいい。これからは、地元のクラブでやればいい。サッカーを諦める必要はないんだ」

やっと言えた。安堵する私を尻目《しりめ》に、龍也は再び歩き出した。

「もういい。一人で帰って」

そう言うか言わないかのうちに、龍也は赤い灯籠に挟まれた山道を駆けだしていた。慌てて後を追う。

「おい、待て」

つい最近まで現役サッカー部員だっただけあって、あっという間に遠ざかっていく。全力で走るがとても追いつけない。胸が苦しい。勝手に足が止まる。

「待ってくれ！」

他の登山客が振り向くのも構わず叫ぶ。だが、龍也が戻ってくる気配はなかった。

――終わった。

不登校から立ち直るきっかけどころか、親として完全に信頼を失ってしまった。プライベートな日記を勝手に読んでしまったせいだ。いや、もっと早くいじめの兆候を見抜くべきだった。

とぼとぼと歩いていると、スマートフォンにメッセージが来た。龍也からだ。言葉はなく、画像だけが送られていた（画像は六十八ページ）。

まったく意味がわからなかった。問いただしたところで答えが返ってこないのはわかりきっている。ベンチに座って考えこんだが、見当もつかない。

そもそもこれは、本当に私へのメッセージなのだろうか。誰かへ送るつもりが、間違って送ってしまっただけではないか。もし私へのメッセージなのだとしたら、こんな回りくどいやり方で伝える意味が、どこにあるというのだろう。

もう、心も身体《からだ》も疲れていた。何かを深く考える気力などない。

スマートフォンをしまい、おとなしく歩き続けた。ケーブルカーに乗って清滝駅まで下り、高尾山口駅へと戻ってきたが、龍也の姿はどこにも見当たらない。周りは楽しそうに談笑している登山客ばかりだ。

——どこで間違えてしまったんだろう。

私も妻も、愛情を持って龍也を育ててきた。それは事実だ。いったいどこまで時間を巻き戻せば、正常な親子関係に戻ることができるのだろうか。

駅まで戻ったところで、改札の前を歩いていた駅員に声をかける。黒ぶち眼鏡《めがね》をかけた男性の駅員だった。細身の体型に京王《けいおう》電鉄の制服がよく似合っている。

「あの、すみません。この辺で、リュックサックを背負った十代の男子を見ませんでしたか。息子なんです」

見ているわけないよな、と自分でも思う。これだけたくさんの利用客がいるのだから。

だが駅員は戸惑いもせず、優しくほほえんでくれた。

「よければもう少し、詳しく聞かせていただけますか」

ぽつりぽつりと駅員に事情を話しているうち、いつしか私は家庭の事情まであけすけに

}②み }あ①ま
}②③ ①②③＝A
egg
star

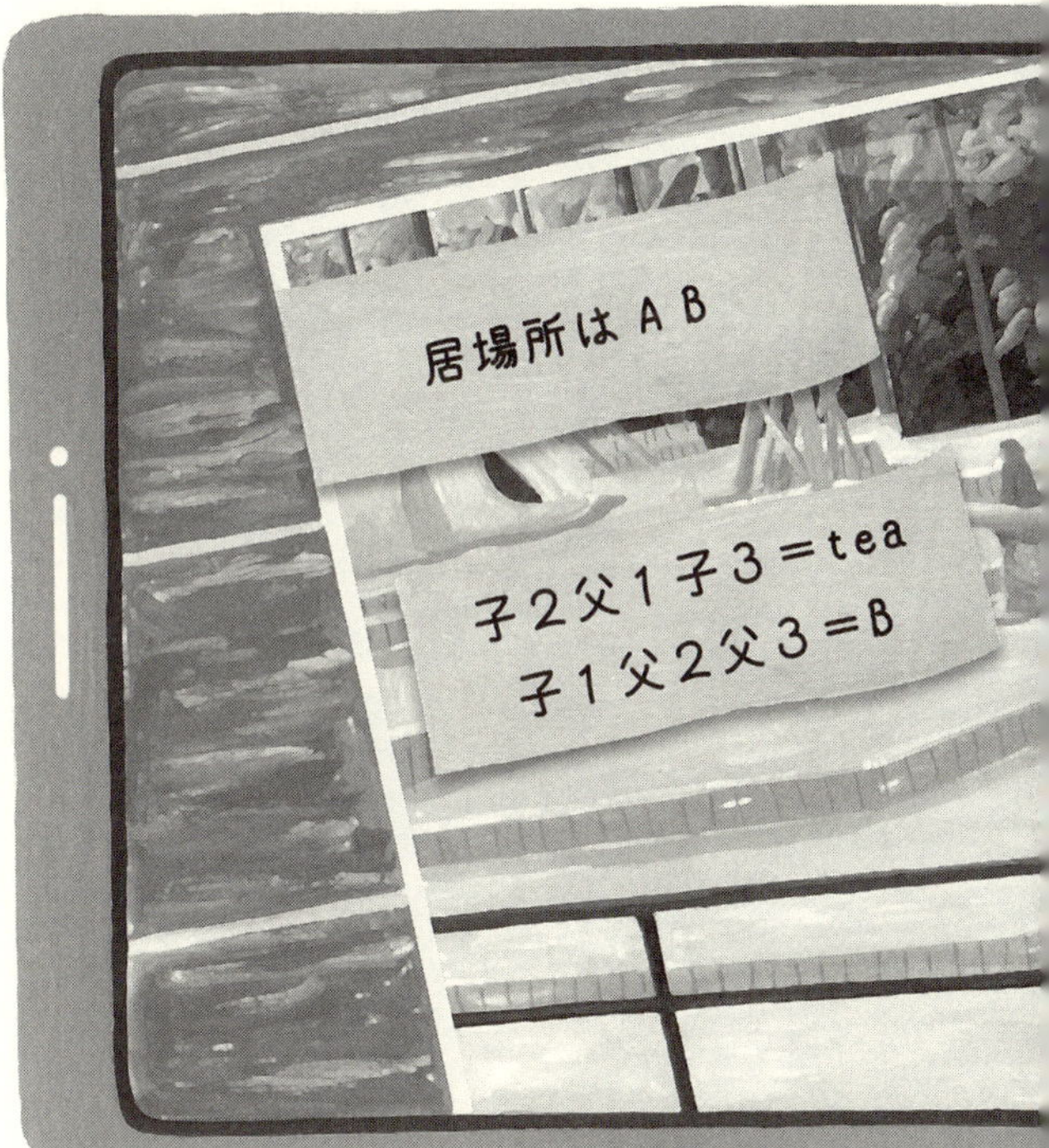
居場所は A B
子2父1子3＝tea
子1父2父3＝B

話していた。なぜかこの駅員には、すべて話したくなる。こちらがどんなにしどろもどろでも、穏やかに耳を傾けてくれる。

下山中に送られてきた画像も見せた。

「意味があるかどうかもわからないんですけど……」

駅員はスマートフォンを受け取り、しばし凝視していた。やがて顔を上げると「私の考えに過ぎないのですが」と言う。

「まずはAの謎。これはそれぞれ髪、顔、頭を指しているのではないでしょうか」

「……なるほど」

私の顔の横に付箋が貼られていることには、意味があったということか。

「ひらがなで、かみ、かお、あたま、という文字を当てはめていくと、①＝た、②＝か、③＝お、ということになります」

「高尾、か」

それらしい言葉が導かれた。なんとなく、正答に近づいている手応えがある。

「Bの謎は、どう読み解けばいいんでしょうか」

「これは……〈子2　父1　子3＝ｔｅａ〉というメモから察するに、子どもの2がｔ、父の1がｅ、子どもの3がａを表していそうですね」

「しかし、子どもの2、と言われても」

「この写真の中でアルファベットが書かれているものといえば……」

あらためて写真を見て、はっとした。

Tシャツ。

当時、妻が量販店でまとめて買ってきた安物のTシャツばかり着ていたのを思い出す。私も龍也も服にこだわりはないから素直に着ていたが、よく見れば洒落《しゃれ》ているとは言いがたいデザインだ。駅員は私の回想など知る由《よし》もなく、説明を続けている。

「〈子2　父1　子3＝ｔｅａ〉とは、どういう意味か。写真のなかの息子さんが着ているシャツのデザインはｓｔａｒ、お父さんの服はｅｇｇ。この数字に対応する文字を取ってくるんです。ｓｔａｒの二番目の文字はｔ、ｅｇｇの一番目はｅ、ｓｔａｒの3番目はａ。つなげると……」

「ｔｅａになるのか！」

〈子2　父1　子3＝ｔｅａ〉というのは、イラストの文字を拾い読みしろ、という意味だったらしい。ここまで来れば、私にもわかる。

「今度は〈子1　父2　父3〉に対応する文字を考えれば、答えが出てくるわけですね。えー、息子の一文字目はｓ。私の二文字目と三文字目はｇｇ。つなげると……」

できた。答えは〈ｓｇｇ〉だ。

「……あれ？」

まったく意味がわからない。仕方なく、また駅員を頼る。

「この辺りに〈高尾ｓｇｇ〉という施設でもあるんでしょうか……」

「それはちょっと聞き覚えがないですが、〈高尾５９９ミュージアム〉ならありますよ。よく見てみると、〈ｓｇｇ〉の字面は〈５９９〉と似ています」

言われてみると、そんな気がしてくる。ｓは５。ｇは９。そうだとすると、この画像が示している場所は〈高尾５９９ミュージアム〉で間違いないのかもしれない。

「……ここから近いんですか？」

「徒歩五分くらいです」

駅員は丁寧に道順を教えてくれた。そこに龍也がいるかどうか定かではない。だが、直感は正解だと告げていた。

「しかし、こんなまだるっこしいやり方をしなくたっていいのに」

「あえて、なのかもしれませんよ」

なんとなく含みのある言い方だが、今はそれどころではない。龍也を捜すのが先決だ。

高尾５９９ミュージアムに向かう前に、駅員に丁重に礼を告げた。

「お役に立てたのなら光栄です」

駅員は軽《かろ》やかにその場を立ち去り、大勢の乗降客にまぎれて消えた。

私は再度駅を出て、教えられた道順を辿《たど》りはじめる。心のなかであらためて駅員に感謝していた。彼がいなければ、私は龍也とすれ違ったまま高尾山を後にしていただろう。今ならまだ取り返しがつく。

踏み出す一歩は、坂を登る時よりもずっと力強かった。


その建物は、深緑色の森を背負っていた。

駅から歩いて数分の場所に、無料で入場できるミュージアムがあるとは知らなかった。館内は、白をベースにした清潔感のある内装だった。入った途端、肌が涼しい空気に覆われる。火照《ほて》った身体を休ませるにはちょうどいい。

一階には展示室やカフェがある。私は利用者たちの顔を窺《うかが》いながら一周してみた。躍動感があるムササビの剝製《はくせい》が飾られ、昆虫や植物の標本も展示されている。

ちょうど、壁面ではプロジェクションマッピングが映し出されていた。数名の利用者が集《つど》い、音と映像の芸術を鑑賞している。

その最前列に、龍也はいた。

私は黙って後方に立ち、しばし一緒に鑑賞した。壁には動物や鳥の剝製が展示され、そこに色とりどりのアニメーションと伸びやかな音楽が重なる。今しがた山を登ってきたばかりだが、高尾山の自然が新鮮に目に映る。上映が終わると、他の利用者たちは散り散りに去っていった。壁の前に龍也だけが残された。私はその横に立つ。

「どうして、あんなメッセージを送ってきた?」

龍也は壁を見つめたまま答える。

「お金、足りなかったから。電車賃が払えなくて」

「もしあのクイズが解けなかったら、どうするつもりだったんだ?」

「歩いて帰ってたんじゃないかな」

「徒歩じゃ無理だろ」

思わず苦笑する。久しぶりに、龍也と会話らしい会話をしていた。

妙な謎かけを送ってきた息子の気持ちは、わからないでもなかった。父親から電車賃をもらわないと家には帰れないが、素直に助けてほしいとも言えない。龍也なりの苦肉の策だったのだろう。

「昼ごはん、食べに行こう」

この流れなら行けると思ったが、龍也からの返事はなかった。それどころか、細めた両目には露骨に苛立《いらだ》ちが滲《にじ》んでいた。

「いつもそうだよな」

何のことだろう。なぜ怒っているのか、私にはわからなかった。

「自分勝手で、俺が本心ではどう思ってるかなんて考えたこともない。自分の都合のいいようにしか受け取ろうとしない」

「それ、お父さんのことか？」

「他に誰がいるんだよ」

私は悲しさに言葉を失っていた。何をする時も、どんな場面でも、龍也の意思を尊重してきたつもりだった。

「違う。いつも龍也の気持ちを第一に考えて……」

「俺にまたサッカーさせようとか思ってない？」

赤く充血した目には敵意がこもっていた。悔しさを堪《こら》えるように、下唇を噛《か》みしめている。返す言葉がなかった。

「確かにそう思ったことはあるが……」

「ほらな。そんなだから、俺がサッカーやめた理由もわかってないんだよ」

「だから、いじめだろう？　誰にいじめられてるんだ。先輩か？　監督か？」

「あんただよ。俺をいじめてるのは」

絶句した。さっきから何を言っているんだ？　混乱する私を前に、龍也は思いの丈《たけ》をぶつけるように語り続ける。

「最初からそうだった。直接言わなくても、俺にサッカーをやってほしいと思ってるのはわかってた。小さいころにサッカーやりたいって言ったのも、あんたの学校に行きたいって言ったのも、そう言えばあんたが満足するからだろ。ずっと前から、あんたのためだけにサッカーやってきたんだよ」

血の気《け》が引いていく音が聞こえた。今までのすべては、龍也の意思ではなく私のためだったのか？

ようやく気が付いた。日記のあの文章は、私に向けて書かれたものだったのだ。

「それでも中学までは頑張れた。でも高校生になってからは、サッカーをやってる意味がわからなくなった。好きじゃない競技をいつまでも一生懸命やるなんて無理だ。そんなの地獄でしかない。しかもあんたは毎日、今後も活躍してくれとか、お前なら大丈夫とか、そう言って追い詰める。俺には他にやりたいことがあるのに」

足元がぐらぐらと揺れているようだった。胸が苦しい。

自分なりに龍也を全力で応援してきた。だがそれは、息子を追い詰める行為でしかなかったということなのか。私は龍也の気持ちをわかったつもりで、実のところ自分の意向に息子を従わせていただけだったのだ。そう言えば、ちゃんと会話をしたことが、一度でもあっただろうか？

「……やりたいことって、何なんだ？」

問いかける私の声は震えていた。

龍也はリュックサックを下ろし、一台のデジタルカメラを取り出した。

「これ」

あっ、と思わず声に出していた。

いくつかの記憶が瞬時に交錯する。龍也の部屋には自然の風景を収めた写真が飾られていた。山頂では慣れた手つきでカメラの設定をいじっていた。そして私と別々の行動をしていた間に、龍也は何らかの用事を済ませた、と言っていた。

「もしかして、ここに来たのは……」

カメラを手にした龍也が「撮影」と答える。

「高尾山には、ここでしか見られない生き物がたくさんいる。撮影スポットとしてすごく魅力的なんだよ。ただ、二人でっていうのは……変な気を回されてもいやだし。だから、はじめから途中で撒《ま》くつもりだった」

「来る前から言ってくれれば」

「言えるわけないだろ。あんたにとって俺はまだサッカー少年なんだから」

その一言は、勢いよく心臓に突き刺さった。

もはや議論の余地はなかった。私は長い間、この子を苦しめていた。それはまぎれもない事実だ。自分が間違っていたと気付いた時、取るべき行動は一つしかない。

龍也の目を見て、腰を折り、深々と頭を下げた。

「今まですまなかった。もう、何かを強制したりしない。約束する」

しばらくして顔を上げると、龍也はむすっとした顔で私を見ていた。一見するといつもと変わらない。だが、その目からは先ほどまでの敵意が薄れていた。突き放すような口調で、龍也は言う。

「蕎麦《そば》、食べたいんだけど」

思わず口元が緩《ゆる》んだ。もちろん、異論はなかった。

＊

帰りのMt.TAKAO号も快調だった。

高尾山口駅を出発して数分後には、もう隣から寝息が聞こえてきた。龍也は背もたれに身体を預け、熟睡している。昔から寝つきのいい子どもだった。この子が生まれてから十六年になる。長かった気がするし、一瞬だった気もする。

帰宅したら妻とも話さなければいけない。これまでのこと。そして、これからのこと。妻は喜ぶだろうか。それとも悲しむだろうか。どんな反応だったとしても、正面から話し合っていくしかない。

再び龍也の寝顔を見る。

許してもらえたとは思っていない。ただ、その本心に触れることができただけでも、高尾山に来た意味はあった。そうでなければ、私は今も壮大な勘違いをしていただろう。息子を見つけるきっかけをくれた駅員には、心から感謝していた。

——それにしても。

不思議なのは、高尾山口駅のどこにもあの駅員がいなかったことだ。

昼食をとった後、あらためてお礼が言いたくて駅員を捜した。特徴は覚えている。三十代くらいで、黒ぶち眼鏡をかけた細身の男性だ。だが、駅構内のどこにも彼はいなかった。他の職員に居場所を尋ねたが、そういう職員は在籍していない、という答えが返ってくるだけだった。

あの駅員は何者だったのか。まさか、私の願望が見せた幻《まぼろし》だったのか?

ありえない空想に笑いがこみあげる。京王電鉄の制服を着た幻など聞いたことがない。

「多摩川だ」

隣から声が聞こえた。いつの間に起きていたのか、龍也が目を細めて窓の外を見ている。眼下には深青《しんせい》色《しょく》の多摩川が流れていた。私と息子はしばしの間、言葉も交わさず川面《かわも》を眺めていた。

——あと何度、こうして一緒に同じ風景を見られるだろう。

高速で通り過ぎていく風景を眺めながら、そんなことを考えていた。

スタジアムの客席で、青赤の大旗がたなびいている。

俺は試合よりも、その光景を見るのが好きだった。ＦＣ東京サポーターたちの熱狂する表情。時に落胆し、時に歓喜する顔つき。大勢の観客がひとつになって応援するその様子は、見ていて飽きることがなかった。

グラウンドでは選手たちが汗をかき、ボールを追っている。隣の席の父親は彼らに熱い視線を注いでいた。父親は中学の教師であり、根っからのサッカーフリークだ。俺がサッカーをはじめたのも父親に喜んでほしいからだった。

別に、サッカーは嫌いではなかった。運動神経はいいほうだし、レギュラーとして活躍できるから、それなりに楽しくもあった。

けど、最近はサッカー以外のことに興味を引かれる。

「父さん、デジカメ借りていい？」

声をかけると、固唾《かたず》を呑《の》んで試合を見守っていた父親がこちらを見た。

「いいぞ。ちょっと待ってろ」

バッグをごそごそと漁《あさ》り、デジカメを渡してくれた。ファインダーを覗きこみ、選手たちの横顔にズームする。グラウンドは離れているため、鮮明に映るわけじゃない。それでも、めまぐるしく変化する一瞬を切り取るのは楽しかった。

カメラの面白さを知ったのは一年前、中学一年の時だった。朝練へ行く最中、たまたま見かけた早朝の風景が綺麗《きれい》で、思わずスマホで写真を撮った。次の日も、その次の日も撮った。同じ場所でも、日によって、条件によって映り方がまったく違うことに気が付いた。部活の練習やミーティング、トレーニングで慌ただしく過ぎていく毎日が、写真のなかには克明に記録されていた。

幻みたいに消えていく時間を、もっと記録したい。

カメラの勉強をしたい、という欲求は日に日に高まっている。

「おっ、いいぞ！」

父親が声を上げた。FC東京のＭ Ｆ《ミッドフィルダー》が前線へパスを通したところだ。敵陣ゴール前で巧《たく》みにパスを回し、マークが外れた一瞬、ＦＷ《フォワード》が強烈なミドルシュートを放つ。勢いよく飛びこんだボールがネットを揺らす。

サポーターたちが、言葉にならない雄《お》たけびを上げる。父親も両手を突き上げて喜んでいる。俺はデジカメのファインダー越しにグラウンドを、客席を見つめる。幾度もシヤッターボタンを押す。

その場でデータを確認すると、子どものように歓喜する父親が映っていた。横からそれを見た父親は「恥ずかしいな」と言った後、ぼそりとつぶやいた。

「いい写真だな」

顔が熱くなるのを感じた。写真を誰かに褒めてもらったのははじめてだった。

試合はＦＣ東京の勝利で終わった。

最寄りの飛田給《とびたきゅう》駅へ向かう途中、ふと京王電鉄の路線図が目についた。高尾線の終着点に「高尾山口」と記されている。小学生のころ、親と一緒に高尾山へ行ったことを思い出す。それは楽しい記憶だった。

いつか高尾山を再訪してみたかった。その時は必ず、カメラを持参する。昔目にしたのとは違う、新しい高尾山が見られるはずだから。

「どうかしたか？」

父親に尋ねられたけど、涼しい顔で「なんでもない」と答える。

今はまだ、父親の前では「ただのサッカー少年」でいたいから。

調布編

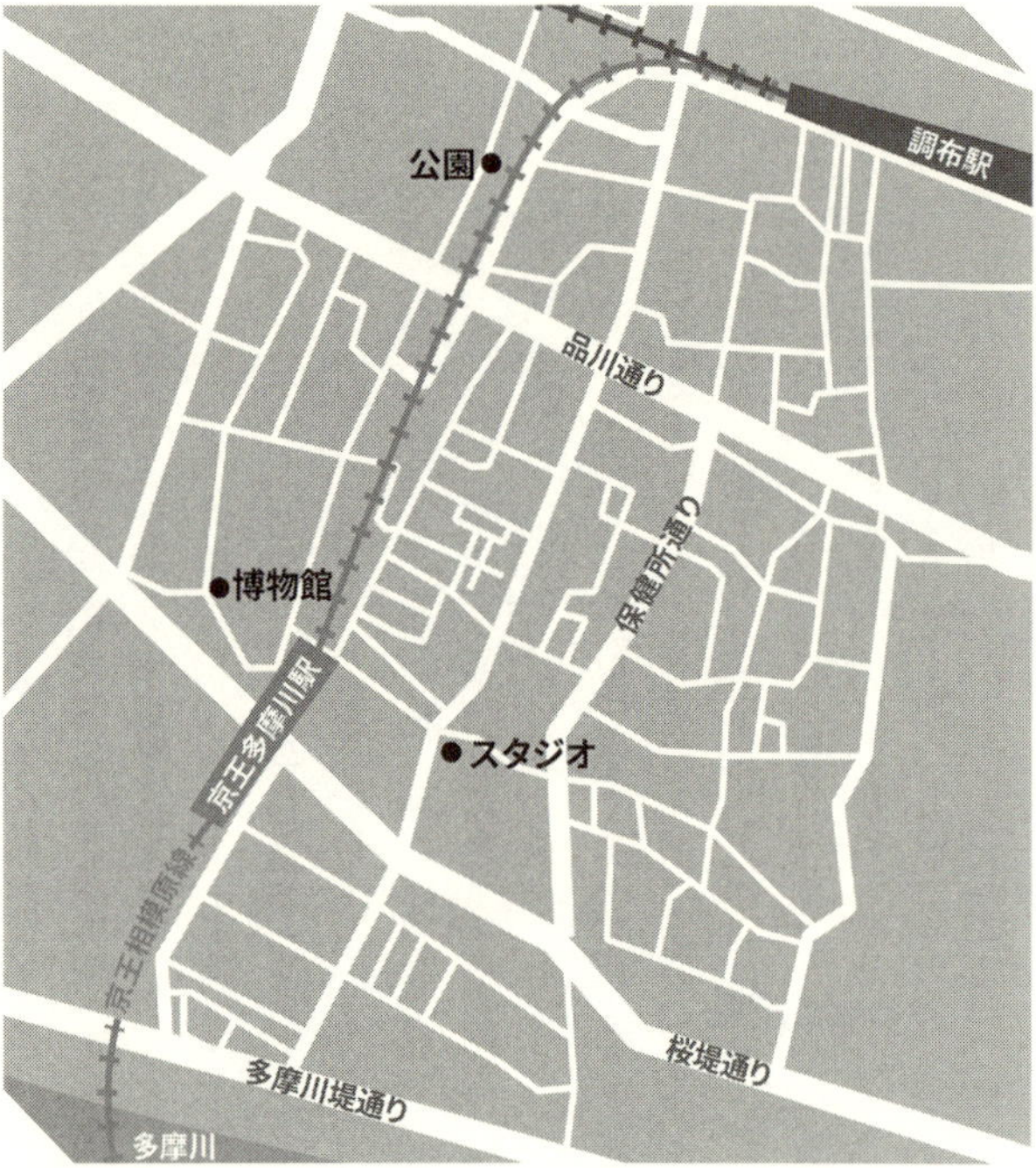

調布駅
公園
品川通り
保健所通り
博物館
京王多摩川駅
スタジオ
京王相模原線
桜堤通り
多摩川堤通り
多摩川

「もしもし？　今、どこにいる？」

おばあちゃんは、七回目のコールでやっと電話に出た。

「どこって？」

こっちは焦っているっていうのに、スマホ越しに聞こえる声はとぼけた調子だった。

「だから、今いる場所を教えてよ。もう調布《ちょうふ》の駅まで来てるんだけど」

目の前には改札があった。映画フィルムを模した案内板が、ここを通り抜ければ中央口に出られることを教えてくれる。

「あら？　調布駅とは言ってないでしょう」

はぐらかすような口調に軽くいらつきながら、私はスマホに向かって問いかける。

「じゃあどこに行けばいいの？」

「手紙、送ったでしょう」

「手紙？」

スマホを持っていないほうの手で、ショルダーバッグを引っかき回す。たしかに、数日

り
、
、
さ、、、、、ん
、
、
、
、
た

麻由へ
金曜日午後3時に、
「みー」に来て。

前におばあちゃんからの手紙が届いていた。関係ないかも、と思ったけど、一応持ってきて正解だったらしい。

「これがなに？」

「そこに書いてある場所に来てくれればいいから。そろそろ電話の充電が切れそうなのよ。じゃあ、待ってるわね」

「あ、ねえ」

おばあちゃんは一方的に通話を切ってしまった。思わずため息が出て、それから少しずつ腹が立ってくる。今日は久しぶりに予定がない平日だったのに、どうしておばあちゃんの言動に振り回されないといけないのか。

ただ、怒りと同時に不安も込み上げてくる。手紙の内容のせいだ。正直、私にはまったく解読できない文面だった。そもそも今日の待ち合わせも意味がわからない。もしかしたら、おばあちゃんは……。

――まさかね。

目の前をよぎった暗い想像を打ち消して、改札を通り過ぎた。

＊

一人暮らしをはじめて、この秋で一年半になる。

上京したのは大学進学のためだ。東京には憧《あこが》れと恐れが半分ずつくらいあった――いや、正確に言えば恐れのほうがちょっとだけ強かった。そんな私にとっての頼みの綱は、都内に住む唯一の身内、調布のおばあちゃんだった。おばあちゃんも五年前から一人で暮らしている。

一人暮らしをはじめたばかりのころは、毎週のように遊びに行っていた。おばあちゃんはごはんを食べさせてくれ、大学やバイト先の愚痴《ぐち》を聞いてくれた。私はささやかなお礼に、お米やトイレットペーパーの買い出しを手伝った。もともとおばあちゃん子だったけど、あのころは本当によく入り浸《びた》っていた。

時間が経《た》つにつれて、私は新しい生活に慣れていった。大学で友達ができ、旅行サークルに入り、家庭教師のバイトをはじめた。おばあちゃんの家に行く頻度はだんだん減っていった。週に一度だったのが、月に一度になり、二か月に一度になった。最近では三か月に一度、行くか行かないかといった感じだ。

言っておくけど、おばあちゃんが嫌いになったとか、そういうことじゃない。いまだに以前と変わらないくらいのおばあちゃん子だという自負はある。ただ、私には他にも居場所ができた。それだけのこと。

久しぶりに電話が来たのは、先週の夜だった。家で課題をやっていた私は、スマホの画面に〈景子《けいこ》さん〉と表示されているのを見て、すぐに着信を取った。景子というのがおばあちゃんの名前だ。

「はいはい。おばあちゃん？」

「麻由《まゆ》？　今、大丈夫？」

おばあちゃんはいつものように、のんびりした話し方だった。

「大丈夫だよ。家にいるから」

「そう。あのね、もし都合がつくなら、来週どこかで調布に来てくれない？」

「おばあちゃんの家？」

「違うの、外、外」

スケジュールを確認すると、金曜は終日予定がなかった。

「金曜ならいいよ。どうかした?」

「一緒に『秋の黄金《こがね》』を観《み》ようと思って」

一瞬、どう返事していいか迷った。いきなり『秋の黄金』と言われても、何のことかわからない。私が尋ねるより先に、おばあちゃんはさっさと話を進めてしまう。

「じゃあ金曜の午後三時に来てくれる? よろしくね」

「えっ、ちょっと……」

電話はすぐに切れてしまった。

かけ直すのも面倒くさくて、とりあえずネットで『秋の黄金』を検索してみた。検索結果の一番上に表示されたのは、映画の解説サイトだった。そのサイトによれば、『秋の黄金』は相当昔の日本映画のタイトルらしい。主な出演者が載っていたけれど、誰一人わからない。

おばあちゃんが言っていたのはこれのことだろうか。そういえば、二月には二人で映画を観に行った。調布のシネマフェスティバルの一環で、監督のトークショー付きの上映だった。

おばあちゃんとまた映画を観に行くのは別にいい。けれど、『秋の黄金』が上映されたのは約半世紀前だ。二十一世紀の今、どの映画館に行っても絶対に観ることはできないだろう。

検索結果を見つめながら、少し前に友達と話したことを思い出していた。

その友達はおじいちゃんと同居しているけれど、この一年くらい、過去と現在の記憶がごちゃごちゃになっているらしい。孫である友達を娘と間違えたり、ずっと前のテレビ番組を昨日観たと話したり。病院にかかったら、友達のおじいちゃんは認知症と診断されたという。友達はこう言っていた。

「別に認知症だからって、嫌いになったり敬遠したりはしない。でもちょっとだけ、本当にちょっとだけ、寂しい気はする」

もしもうちのおばあちゃんが、『秋の黄金』を上映中の映画だと思っているのなら。それは単なる勘違いと言えるのだろうか。それとも……。

電話をかけて確認してみたかったけど、正直、怖かった。もしも、この想像が確信に変わってしまったら。私は冷静でいられるだろうか。結局、私はおばあちゃんに連絡をしなかった。

数日後、おばあちゃんから手紙が届いた。わざわざ手紙が送られてくるなんてはじめてのことだった。とりあえず開封してみたけれど、私には読み解けなかった。ひっくり返したり、透《す》かしたりしてみたけど、まったく意味不明だ。さらに心配が募った。

もしかしたら。

おばあちゃんはもう、私が知っているおばあちゃんじゃないのかもしれない。

＊

改札を抜けて地上へ上がる。秋晴れの下《もと》、広場の街路樹にもたれかかって、おばあちゃんからの手紙を読み返した。

やっぱり、何度読んでも意味がわからない。

読み返すうちにいやな妄想ばっかり膨らんでいく。もしおばあちゃんが本当にそうだとして、誰に相談したらいいんだろう。お父さん——つまりはおばあちゃんの息子でさえ、たぶん最近のことは知らない。お父さんは北海道に単身赴任していて、私とも年に数回しか話していない。

とにかく、おばあちゃんを見つけないといけない。話はそれからだ。

携帯に電話してみたけど、つながらない。充電が切れちゃったのかもしれない。さっきそんなことを言っていた。携帯が使えないとなると、自力でたどりつくしかない。少なくとも、この調布の街のどこかにおばあちゃんはいる。

私は覚悟を決めた。

とりあえず、映画館へ行ってみることにする。『秋の黄金』が上映しているわけがないけれど、リバイバル上映という可能性も〇・一%くらいはあるかもしれない。ダメ元で、駅前のショッピングセンターへ向かう。そこの二階に映画館が入っているのは知っていた。

備え付けの端末機で、今日上映する映画を調べてみる。当たり前だけど『秋の黄金』はなかった。

——だよねぇ。

このまま引き下がるのもシャクだったから、通りかかったスタッフらしき人を捕まえて、尋ねてみる。

「すみません。『秋の黄金』っていう映画、上映されてたりしません?」

「はい?」

女性スタッフはきょとんとした顔をしていたけど、一緒に端末機を操作したり、どこかに電話をかけたりと、親切に調べてくれた。だけど、『秋の黄金』が上映されている映画館は、他の系列もふくめて存在しなかった。

「かなり古い映画なんですよね？」

「五十年くらい前です」

私はスマホを女性スタッフに手渡した。解説サイトが表示されたスマホを見つめて、その人はしばらく考えこんでいた。なんだか申し訳ない気分になってくる。おばあちゃんが気まぐれで言っただけかもしれないのに。

「大沢達二郎《おおさわたつじろう》の監督作ですね」

ぽつりとつぶやいた言葉に、つい「えっ？」と訊《き》き返す。

「大沢達二郎。昭和の有名な映画監督ですよ。知りませんか？」

恥ずかしながら、知らなかった。一応文学部に在籍しているから、小説はそれなりに読んでいるけれど、映画はあまり観ていない。いくつか他の作品名を挙げてくれたが、それでもピンとこない。

「『秋の黄金』という作品は私も知りませんでしたが……大沢監督のことを調べてみれば、何かわかるかもしれません」

女性スタッフはスマホを返しながらそう助言してくれた。解説サイトには監督や演者の名前以外、大した情報は載っていないみたいだ。丁重に礼を言って、映画館を後にする。

——さて、どうしよう。

早くも手詰まりだ。とにかく辺りを歩いてみる。歩いていれば、おばあちゃんにばったり遭遇することもあるかもしれない。けどそんなラッキーが起こるはずもなく、中央口まで戻ってしまう。

ふと看板を見ると、ビルのなかに書店が入っていた。古い映画について書かれた本なら、『秋の黄金』の詳細がわかるかもしれない。勝算はなかったけど、調べてみるしかない。

書店に足を踏み入れ、映画に関する棚の前に立って、関係のありそうな本を片《かた》っ端《ぱし》から開いてみる。昭和の映画監督を扱った本のなかほどに〈大沢達二郎〉という項があった。立ち読みで読み通すのは申し訳ないし、腕も疲れていたから、レジで本を買った。

隣のカフェで読もうとして、近くにある別のカフェのことを思い出した。以前、そのお店でおばあちゃんとコーヒーを飲んだことがある。おばあちゃんはよく通っていると言っていたから、今日もそこにいるかもしれない。

期待とともにそのカフェへ向かったが、店内にそれらしき人はいなかった。スマホで店員さんにおばあちゃんの写真を見せてみたけど、今日は来ていないと言われた。

まあ、いい。ここで待っていればおばあちゃんが現れるかもしれない。カフェラテを買って窓際《まどぎわ》の席に腰を下ろし、買ったばかりの本を開く。

映画館で聞いた通り、大沢達二郎は有名な監督らしい。いくつも賞を受賞しているようだし、晩年の作品には顔を知っている大物俳優も出演していた。十年前に亡くなったとかで、葬儀があったのはなんとこの調布だった。

そういえば、駅構内にある案内板は映画フィルムを模していた。前に来た時、東口で映画スターの手形をずらっと並べたモニュメントも見かけた。あんまり意識してなかったけど、よく考えたら映画にちなんだものだらけだ。

本にはちゃんと『秋の黄金』に関する記述もあった。

地方から東京に嫁入りした女性が、若くして夫を亡くし、母一人子一人でたくましく生きていく、というあらすじだ。子どもと手をつないで川沿いを歩く、というシーンで幕を閉じるらしいけど、スチール写真は一枚も載っていなかった。

本には関係者の名前がスタッフ一人一人まで記されていたけど、ヒントにはなりそうにない。

主演は〈小池《こいけ》キミ〉という女優だった。スマホでその名前を検索してみると、いくつかの映画タイトルが見つかった。どれも『秋の黄金』と同時期に公開されたものらしく、全然聞き覚えがない。この女優の活動期間は三年くらいしかなかったみたいで、ウィキペディアのページもない。当時の映像も出てこないから、顔すらわからない。

他の出演者も検索してみたけど、似たようなものだった。なかにはその後も長く活動を続けた人もいたけど、だからなんだ、って感じだ。『秋の黄金』が調布で撮られたのはわかったけど、私が知りたいのはおばあちゃんの居場所なのだ。

カフェラテをすすりながら、これまでにおばあちゃんと行った場所を思い返してみた。おばあちゃんの家は駅の北側にある。去年の五月、大学に入学したばかりでなかなか周りになじめなかった私を、おばあちゃんは神代《じんだい》植物公園に連れて行ってくれた。ばら園がすごく綺麗《きれい》で、思わず「すごいね！」と叫んだくらいだ。

「同じバラでも、みんな個性があるでしょ？」

白や赤、ピンクや黄の花を眺めながら、おばあちゃんはそう言っていた。

「人も同じだよ。それぞれに個性があって、そのなかにはきっと麻由と合う人もいる。だから焦らず、のんびりやっていけばいいよ」

その一言に、当時の私は心から救われた。

今年のお正月は、一緒に深大寺《じんだいじ》へ初詣《はつもうで》に行った。参拝客で一杯の境内《けいだい》を二人で歩いて、今年も元気に過ごせるようにお願いをした。おばあちゃんに何をお願いしたのか訊いたら、「麻由が元気に過ごせるようにって」と言っていた。おみくじを引いたら二人とも小吉で、「どっちつかずだね」と笑いあった。

——おばあちゃん。

気が付くと、目の縁《ふち》に涙が溜《た》まっていた。ハンカチでそっと拭《ぬぐ》う。

スマホで〈認知症　初期症状〉と検索してみると、いくつかの例が出てきた。

〈友達との約束や、ごはんを食べたのを忘れてしまうことがあります〉

〈自分がいる場所がわからなくなったり、日付がわからなくなることがあります〉

考えれば考えるほど、今の状況に当てはまっているように思える。

おばあちゃんは、私との思い出を今も覚えているのかな？

もしかして、全部忘れちゃったりしていないかな？

考えているだけで、また涙が滲《にじ》んでくる。でも、メソメソしていてもしょうがない。おばあちゃんを見つけ出さないと、話は進まない。カフェラテを飲み干し、気合いで涙を引っこめた。

おばあちゃんから受け取った手紙を再度広げてみる。

——やっぱり、これに戻ってくるんだよなぁ。

何度見ても、どう見ても意味がわからない。でも、手がかりはこの手紙と『秋の黄金』という言葉しかない。もう一度、書店で買った映画の本を開き、〈大沢達二郎〉の項を頭から読んでみる。

撮影スタジオの名前で視線が止まった。調べてみると、このスタジオも調布にあるらしい。試しに地図アプリで検索すると、調布駅と多摩《たま》川の間にあった。全然、歩いていける距離だ。

私は強く目元を拭《ふ》いて立ち上がった。少しメイクが落ちたけど、そんなことはどうでもいい。ここに行けば、何か手がかりが見つかるかもしれない。空振《からぶ》りでもいい。おばあちゃんに会うためなら、いくらでも歩いてやる。

スタジオまでは歩いて十五分くらいだった。

多摩川を目指して歩く途中、タコの遊具がある細長い公園を通り抜けた。園内にはオレンジ色の亀みたいな怪獣の模型があった。どうやら調布を応援する怪獣らしく、街を壊すんじゃなくて応援するんだな、などとどうでもいいことを思った。京王《けいおう》線の高架に沿ってさらに南へ進み、突き当たりで左に曲がって歩くと、スタジオの建物が見えてくる。正面に社員らしき男性がいた。

様子をうかがっていてもはじまらない。意を決して、「あのう」と声をかけてみた。男性が「何か?」と振り返る。

「これってどこから入るんですか?」

「一般の方は敷地内には入れませんよ」

拍子抜けだった。昔の資料を見たり、スタジオを見学したりするつもりだったのに。

「失礼しました……」

すごすごと引き下がるしかない。さあどうしよう、と考えながら近くをうろつく。すぐそこに児童公園があったから、ちょっと休憩することにした。

公園に入ると、カメラを象《かたど》った石像が目についた。近寄ってみると、それは〈調布映画発祥の碑〉だった。

数人の男女が公園にやってきた。ツアーか何かだろうか。

「はい、皆さんこっちですよ」

七十代くらいの、頭にバンダナを巻いたおじいさんが先頭を歩いている。おじいさんは碑の前で立ち止まり、解説をはじめた。たぶん、ガイド役なんだろう。おじいさんいわく、この公園がある場所も昔は撮影所の一部だったらしい。へえ、と素直に感心する。調布には何度も来ているのに、知らなかったことだらけだ。

話を聞きながら、私はピンときた。ガイド役のおじいさんは、ずっと市内を歩き回っていたはずだ。もしかしたらどこかでおばあちゃんを見かけているかもしれない。

「ここで少し休憩しましょうか」

おじいさんが話を終えた隙《すき》を見て、声をかける。

「あの、すみません」

「何か？」

「この人、どこかで見てません？」

私はスマホの画面を見せた。そこには一年ほど前に撮ったおばあちゃんの写真が表示されている。おじいさんは眉間《みけん》に皺《しわ》を寄せて、くっつきそうなくらいスマホに顔を近づけてから、首をひねった。

「さあなぁ」

「その辺を歩いてた記憶とか、ないですか」

「ないねえ。でも……どこかで見た気がするな」

まさかの返答に、「本当ですか！」と前のめりになる。おじいさんは私を制するように、手を振った。

「いや、でも今日じゃないんだよ。この顔、ずっと前にどこかで見たような……」

熱が急速に冷めていく。ずっと前、じゃ意味がない。おばあちゃんは調布に住んでいるんだから、辺りを歩いているのを、このおじいさんが見かけていたって不思議ではない。私が知りたいのは、今、おばあちゃんがどこにいるかなのだ。

「誰だったか……名前がわかれば、もしかしたら」

おじいさんはまだ一人で唸《うな》っている。

「景子です」

「景子ちゃん？　ううん」

五分くらい粘ったけど、結局、おじいさんが思い出すことはなかった。お礼を伝えて公園を出る。やっぱり、そううまくはいかない。

当てもないまま、辺りをふらふらとさまよった。もう次の手が思いつかない。おばあちゃんに電話をかけてもやっぱりつながらない。万事休す。

どこからかふと、ほのかに甘い香りがした。見回すと、少し先にドーナツ屋さんがあった。疲れているせいか、むしょうに甘いものが食べたくなった。吸い寄せられるように足を踏み入れる。

店頭にはポップでカラフルなドーナツがたくさん並んでいて、見ているだけで楽しい気分になる。私はストロベリーのドーナツを選んだ。店内は満席だったから、行儀が悪いとは思いつつ食べ歩きをすることにした。秋晴れの空の下でドーナツにかぶりつく。生地《きじ》はふんわりしていて、ほどよい甘さが口のなかに広がる。

黙々とドーナツを食べながら、また泣きたくなった。

おばあちゃんがどこで何をしているかもわからないのに、私だけおやつを食べているのが急に申し訳なくなってきた。目を潤ませた女が、歩きながらドーナツを食べている光景は、傍《はた》から見ればさぞかし不気味だと思う。

食べ終わるのと、京王多摩川駅の改札前まで来たのはほぼ同時だった。いつの間にかひと駅分歩いていたみたいだ。改札の向こうに上り階段が見える。

——何やってるんだろう。

急に何もかも虚《むな》しくなった。一人で勝手に心配したり、悲しくなったりしているのが滑《こっ》稽《けい》に思えてくる。かといって電車に乗って帰るわけにもいかない。私は当てもないまま、いつまで歩き回るのだろうか。警察に相談とかしたほうがいい？

「どこにいるの」

券売機横の壁にもたれかかると、自然とため息が漏れた。ここで待っていたら、いつか通りかからないかな。そんなあり得ない考えが浮かんで、すぐに消えた。

「何かお困りですか？」

話しかけてきた声に、はっとした。

振り向くと、京王の制服制帽を身に着けた男の人が立っていた。駅員さんだろうか。フレームの太い黒ぶち眼鏡《めがね》をかけていた。痩《や》せ型で、歳は一回りくらい上に見えた。

「ごめんなさい。少しもたれてただけで」

　私が券売機の横でため息を吐《つ》いているから、乗車券のことで困っていると思ったのだろうか。なんでもないのだと伝えると、「そうですか」と納得してくれた。そのままどこかへ行ってしまいそうな駅員さんを、「あの」と呼び止める。

「人を捜してるんですけど」

　なんとなく、この人ならちゃんと話を聞いてくれそうな気がした。振り返った駅員さんに、スマホでおばあちゃんの写真を見せる。

「この人、見ませんでしたか？」

　駅員さんはしばし画面を見つめていたが、返事は期待したものではなかった。

「申し訳ありませんが、今日はお見かけしていないと思います」

「そうですよね……」

「失礼ですが、ご家族ですか？」

「祖母なんです」

　私は駅員さんの質問に答えながら、ここに来るまでの経緯を話した。聞き上手《じょうず》な人で、調布駅に降り立ってからのことを全部話してしまった。『秋の黄金』についても話したけど、やっぱりピンと来ていないみたいだった。

「祖母からはこんな手紙が送られてきて」

バッグに入れていた手紙も見せた。

「ね。意味わからないでしょ」

「すみません。よく見せてもらってもいいですか?」

どうぞ、と手紙を渡す。駅員さんは難しい顔をして、手紙に向かって指さし確認をしていた。変な人だな、と思っていたら、急にこっちを見たからどきっとした。

「わかったかもしれません」

唐突に言われて、思わずぽかんとした。

「何が?」

「捜している方の居場所が」

黒ぶち眼鏡の奥の目が、きゅっと細められる。その視線の優しさは、おばあちゃんを思い出させた。


頭上の太陽は傾きはじめていた。

多摩川の河川敷に降り立った私は、焦っていた。調布駅に着いてから二時間以上が経っている。おばあちゃんはとっくに待ちくたびれているだろう。もしかしたら、諦《あきら》めてどこかへ行ってしまったかもしれない。

さっきの駅員さんの推理が正しければ、この辺りの、京王相模原線《さがみはら》の高架下におばあちゃんはいるはずだ。

「この辺りの土地勘がある人間なら、わかる人も多いと思います」

駅員さんはそう言いながら、手紙の意味を解説してくれた。

「横のワードは十文字で、最初が〈た〉、最後が〈り〉。縦のワードは七文字で、最初が〈さ〉、最後が〈ん〉。何か、連想するものはありませんか?」

そこまで言われても、私にはわからなかった。

「まず横のワード。これは多摩川沿いの道路を指す〈多摩川《たまがわ》堤《つつみ》通り〉でしょう。そして縦のワードですが」

駅員さんはすっと駅の路線案内を指さした。この京王多摩川駅は、京王線の支線の駅のようだ。その支線の名前は……。

「〈相模原線〉!」

「その通りです。ひらがなにすると、〈たまがわつつみどおり〉と〈さがみはらせん〉で、字数も、最初と最後の文字も合っている。しかもこの二つのワードは、ちょうど〈み〉という文字で交差します。つまり〈「み」に来て〉とは、多摩川堤通りと相模原線が交差する場所を示しているのではないでしょうか」

ぞくっとした。絶対そうだ。直感的に、駅員さんの推理は合っているとわかった。

「おそらく指定されているのは、多摩川沿いです。行ってみるといいかもしれませんよ」

「ありがとうございます！」

駅員さんに頭を下げ、振り返ると同時に走り出していた。湧き上がる興奮が、私を突き動かしている。おばあちゃんの居場所が見つかった喜びだけじゃない。何より、あの手紙が意味不明なんかじゃなかったことが嬉《うれ》しかった。

高架沿いに南へ走ると、五分で川沿いに出た。多摩川堤通りを渡って河川敷に出る。この辺りのどこかに、おばあちゃんがいるはずだった。

川沿いに、ぽつんと立っている人影を見つけた。

「おばあちゃん！」

反射的に叫んでいた。人影がこちらを振り向く。駆け寄ると、おばあちゃんは平然としていた。待ちくたびれた雰囲気など一切ない。

「遅かったねえ」

いつもと変わらない、のんびりした口調だった。あまりにも普段通りなので逆に心配になる。

「ごめん。めっちゃ待たせちゃって」

「気にしないでいいよ。どうせ時間かかるだろうと思って、そこの割烹《かっぽう》のお店で遅めのお昼ごはん食べてたから。うな重、おいしかったわよぉ。早く来れば食べさせてあげたのに」

「うな重……」

　肩透かしを食った気分だった。川沿いで寂しくたたずんでいるはずだ、という勝手な想像は崩れ去り、認知症の一件も頭から消し飛んだ。自分がとてつもなく見当違いな誤解をしていたのだと思い知る。

　おばあちゃんが無事だとわかると、今度はいろんなことに腹が立ってきた。

「あの手紙、どういうこと？」

「ああ。少しは楽しめた？」

「あれのせいでだいぶ振り回されたんだけど！」

　つい大声が出てしまったけど、おばあちゃんはうっすら笑っただけだった。

「だって最近、麻由があんまり調布に来てくれないから。ちょっとだけ困らせちゃおうかなと思って」

「心配したんだから。なのに、一人でうな重食べてたなんて」

「あら。麻由だって何か食べたんじゃないの？」

まさか。思わず口元に触れると、ストロベリーのドーナツについていたコーティングのかけらがぽとりと落ちた。今までずっとこれをくっつけていたのか。あの駅員さんと話している時も。

「これは……お腹《なか》減ったから」

「お腹が減るくらいには、楽しめたってことかしらね」

うまく言いくるめられたような気がするけど、とにかくおばあちゃんと会えてよかった。これで一件落着、と言いたいところだけど、まだ気になることは残っていた。

——一緒に『秋の黄金』を観ようと思って。

おばあちゃんからの誘い文句はこうだった。でも、『秋の黄金』が上映していないことは明らかだ。配信かＤＶＤで観ようという意味だとしたら、最初から家に呼べばいい。わざわざこんな場所に呼び出す意図がわからなかった。

私は呼吸を整えてから切り出した。

「もう一つ訊きたいんだけど」

「なに？」

「『秋の黄金』ってなんのこと？」

返事次第では立ち直れないかもしれない。怖くて、つい目を閉じた。

「そのことね」

切なくなるくらい、おばあちゃんの声は穏やかだった。

「あれが『秋の黄金』だよ」

そう言われて、おそるおそる目を開ける。おばあちゃんは後ろ手を組んで、川面《かわも》を眺めていた。

その向こう側に、マジックアワーの光景が広がっていた。川の向こうへ沈もうとする黄金色の太陽が、水面を照らしている。藍《あい》色の空に、夕方の残光が滲んでいる。街並みが、木々の緑が、流れる雲が、黄金色に染まっている。

それは、言葉を失うくらいに綺麗な景色だった。

「来た甲斐《かい》があったでしょう?」

おばあちゃんの問いかけに答えるのも忘れて、私は空と川にみとれていた。

太陽が完全に隠れるまで、私たちはその場にたたずんでいた。


翌月。

私は京王多摩川駅を一人で再訪した。

せっかくだから、駅前にある例のドーナツ屋さんにも寄った。今度はベルギーリッチキャラメルを選んだ。ふわふわの生地と、キャラメルの濃い甘さの組み合わせが癖になる。このお店を見つけられただけでも、調布を歩き回った意味はあった。

ただ、ここに来た目的はドーナツだけじゃない。

撮影スタジオの近くにある児童公園には、前回と同じく〈調布映画発祥の碑〉が建っていた。

やがて、あの日と同じバンダナを巻いたおじいさんがやってきた。今日この時刻に、ツアーでここを訪れることは事前に調べてあった。おじいさんは前回と同じように碑の前で説明をして、休憩時間をとった。すかさず声をかける。

「すみません」

「はい、なにか」

目をしょぼつかせたおじいさんが振り向く。

「私、先月もここで会ったんですけど。覚えてますか」

「ん？　ああ。思い出した。人捜ししてた子だよね」

「はい。おかげさまで見つかりました。その節はありがとうございました……でも、なんで教えてくれなかったんですか？」

「はい？」

おじいさんは面食らっていた。私はおばあちゃんの写真が表示された、スマホの画面を見せる。

「この人のこと、知ってたんですよね」

「えーっと、誰だっけ？」

「よく見てください。この人は、あなたのことを知っていますよ」

まだわからないようだ。私は画面をスライドして、別の画像を見せた。『秋の黄金』のワンシーンを撮った写真だった。二十代の主演女優が、アップで写っている。

「これでどうですか？」

「……あっ、わかった。小池キミだ！」

やっと思い出してくれたらしい。

私がその事実を知ったのは、ついさっきだった。

今日はおばあちゃんと会うため、一か月ぶりに調布に来た。この間のリベンジにうな重を食べさせてもらって、カフェでお茶をした。カフェに入ってから一時間ほど他愛《たわい》もない話で盛り上がっていたけど、ふと、気になっていたことを思い出した。

「おばあちゃんさ、確認だけど『秋の黄金』って映画のことは知ってるよね？」

「当たり前でしょ」

「なんでわざわざ、あの映画になぞらえて言ったの？」

「私にとっては一番、思い出深い映画だからね」

おばあちゃんはほほえみながらコーヒーを飲んでいた。

「なんで？」

「なんで、って……何も聞いてないの？」

首を縦に振る。おばあちゃんは何に対してかわからないけど、呆《あき》れているみたいだった。

「私の旧姓知ってる？」

「えっ、知らない」

「三木《みき》っていうの。三木景子。わかった？」

「……わかんない」

いきなり旧姓の話をされても戸惑うだけだ。悪いけど、そこまで出来のいい孫じゃない。私の勘の鈍《にぶ》さをなめないでほしい。

「三木景子を逆から読んでみて」

「えーっと、こ、い、け、き、み……」

数秒遅れて「うそっ！」と叫んだ。ようやく私にも理解できた。

「小池キミって、おばあちゃん？」

今度はおばあちゃんが首を縦に振った。

「麻由はとっくに知ってると思ってたけど、聞いてなかったのね。まあ、息子としては隠したくなる気持ちもわからないではないけど」

内心、お父さんを恨んだ。こんなに興味深い話を黙っていたなんて。単身赴任してからはまともに話していないから、しょうがないのかもしれないけど。でも、おばあちゃんが銀幕のスターだったなんて！

「すごいじゃん。なんで辞めちゃったの？」

「結婚するためにね。当時はそういう風潮があったから」

おばあちゃんは多くを語らなかったけど、自分の選択に後悔はしていないみたいだった。見慣れた横顔がいつもよりまぶしい。

「そう言えば麻由はあの日、撮影所にも行ったんだっけ？」

「うん。なかには入れなかったし、バンダナ巻いたおじいさんに会っただけだけど」

「……その人、知ってるかも」

ぽつりと言ったおばあちゃんは、こめかみに手を当てて何かを思い出そうとしていた。

「当時、現場の若い人で、いつもバンダナ巻いてる男の人がいて……たぶん撮影所の照明さんだと思う。『秋の黄金』を撮った時もいたはず」

それを聞いて、おばあちゃんと解散した後、その足で京王多摩川駅のほうまで来たのだった。

一部始終を話すと、おじいさんは「そうそう、そうなのよ」と明るく笑った。

「ずーっと照明技師やってたんだけど、歳には勝てんってことでね。引退して、今はツアーガイドのボランティア。すごいね、小池キミは。五十年も経つのに俺のことまで覚えてるなんて」

「大沢監督の葬儀にも行ったそうです」

「うん。俺も行ったよ」

おじいさんは一瞬だけ寂しげな表情をしたけど、すぐにまた明るく話しはじめた。

「監督、晩年まで小池キミのことを話してたよ。あんなにいい女優、もう出てこないかもしれないって。復活を望んでたみたいだけど、最後まで叶《かな》わなかったね。まあ、それも人生だよな」

たぶん、おばあちゃんは女優を辞めたことを後悔していないと思う。それでも〈映画のまち〉に住み続けているのは、映画そのものが好きだからなのかもしれない。

「ところで、あなたは映画観るの？」

突然尋ねられたので、「私ですか？」と言ってしまった。

「あなたしかいないでしょうよ。映画離れとか言う人もいるけどね、俺はやっぱり映画っていいものだと思う。二時間の映画なら二時間、きっちり別世界に連れていってくれるからね。メールも電話も来ない、ただ物語に没頭できるあの体験。他じゃ絶対に味わえないからねえ」

そう語るおじいさんの顔は、すごく誇らしげだった。

児童公園を出た私は少し迷ってから、京王多摩川駅ではなく調布駅に向かって歩き出した。正確には、調布駅前の映画館に向かって。今日は夜まで予定がなかった。どんなタイトルが上映されているのか知らないけど、着いてから選べばいい。

私は、おばあちゃんのきらきら光る横顔を思い出していた。

その視線の先にある世界に、ほんの少し、触れてみたくなった。

午後三時。多摩川は太陽の光を照り返し、まぶしく輝いている。

私は河川敷に座りこんで、ぼんやりと川辺を眺めていた。

たぶん、麻由がここへたどりつくのは早くても夕方頃だ。謎解きの類《たぐい》は得意じゃないと言っていたし、もしかすると解けないと泣きついてくるかもしれない。あんまり意地悪するのもかわいそうだから、適当なところで切り上げよう。行方不明になったとでも思われて、心配をかけてもいけないし。

まだ早すぎることはわかっている。それでも、つい多摩川の近くに来ると河川敷へ足をのばしてしまう。若い時分の習慣というのはバカにできない。撮影所に通っていたころ、時間を持て余すとよく河川敷に来たものだ。

「バレーボールでもしましょうよ」

演者も裏方も関係なく、みんなを誘って遊んだのが懐かしい。

自然と、〈小池キミ〉として過ごしたあの三年間が思い出される。最初は三年も続けるつもりはなかった。だいたい、長く活躍するつもりならこんな芸名にしなかった。本名の〈三木景子〉を逆《さか》さにしただけなんて、ふざけてる。

友達の付き合いでエキストラとして出演して、そこから大沢監督に声をかけられ、自分でもよくわからないうちに主要キャストに抜擢《ばってき》された。

「小池は次のスターだ」

乗り気ではなかったけれど、監督から真顔でそう言われると断れなかった。

私の場合は、素人《しろうと》っぽい演技が逆にいい方向に働いていたんだと思う。だから映画に慣れれば慣れるほど、小池キミは役者としての魅力を失っていく。それがわかっていたから、まだ女優でいられるうちに足を洗ったのだ。夫と結婚することも理由ではあったけど、それだけなら辞めなかったかもしれない。

私は、他の誰よりも自分の賞味期限を知っていた。

それでも未練がましく調布に住み続けているのは、やっぱり映画が好きだからだ。撮影所のある街の空気を吸えれば、それで満足だった。

大沢監督の葬儀では、久しぶりに見る顔がたくさん並んでいた。挨拶《あいさつ》だけしてひっそりと帰るつもりだったのに、帰り際に気付かれて、当時の知り合いに囲まれた。にぎやかに思い出話をしている最中、今でも活躍している俳優がぽつりと言った。

「どうして戻ってきてくれなかったの。小池キミ、すごくいい役者だったのに。もったいなかったなぁ」

私はとっさに答えていた。

「映画はね、撮るのも楽しいけど、観るのも楽しいのよ」

そう。作り手になるとつい忘れそうになるけれど、映画はそもそも楽しいものだ。どんな映画だって、役者やスタッフが心血注いで作り上げた作品であることを、私はよく知っている。

願わくば、麻由にもそれを知ってほしい。この街に漂《ただよ》う映画の香りを感じ取ってくれたら、こんなに嬉しいことはない。

川面に再び視線を送る。あと二時間もすれば、『秋の黄金』が訪れる。

府中編

「なんで、私ばっかり……」

府中《ふちゅう》駅の北口改札を抜ける時、ついぼやいてしまった。独り言を口にするのは、昔からのよくない癖だ。慌てて周りの人たちを見回す。誰にも聞かれていないだろうか。周囲を気にしてしまう自分の性格も、好きじゃない。

――美雨《みう》みたいに生きられたら、楽なのに。

こんな時でも妹を羨《うらや》ましく思ってしまう。情けない。

職場へと歩きながら、さっきスマホに届いたメッセージを確認する。

〈悪いんだけど、幹事お願いしてもいいかな？〉

送り主は大学の時の友達だった。年明け、学生時代の友達で集まって新年会をしようという話になったのだけど、なぜか私が幹事をやる流れになっている。「センスいいから」とか、「しっかりしてるから」とかいった言葉で丸めこまれている感じだ。こういうキャラクターは今にはじまったことじゃないけど。

〈了解〉

立ち止まり、素早くメッセージを返す。ガラス扉の向こうは、しとしとと雨が降っていた。ちょうど東府中《ひがしふちゅう》の自宅アパートを出た時から降りはじめたのだ。止《や》んでくれたらいいなと思っていたけど、むしろ雨足《あまあし》は強まっている。

――せっかくの誕生日なのになぁ。

二十五歳の誕生日の昼間、私は有休も取らず職場に向かっている。これといって特別な予定はない。学生のころは友達と飲みに行ったり、恋人とデートしたりと、ウキウキする日だったはずなのに。友達とは離れ離れになったし、彼氏もいない。

誕生日なのに、一人ぼっち。悲しすぎる。まあでも、そのこと自体に不満があるわけじゃない。これが社会人というものだ。

気分がモヤモヤしているのは、美雨の不可解な行動のせいだ。

けさ起きたら、一緒に住んでいる妹がいなかった。いつもは放っておいたら昼まで寝ているくせに、私が起きた時にはもう出かけていた。代わりに、ダイニングのテーブルにメモ書きが残されていた。

〈誕生日おめでとう　三年目のプレゼントの場所は書店に行けばわかります〉

私たちの間で「書店」といえば、一つしかない。私の勤務先であり、美雨のバイト先でもある、駅直結の書店だ。

誕生日の朝なんだから、「おめでとう」の一言くらい、直接言ってくれたっていいのに。こんな日に限ってさっさと家を出ていくなんて……。

それに、メモ書きの内容も意味不明だった。どうしてわざわざ、書店に行かないといけないのか。普通に自宅で渡してほしい。それに今日、美雨はシフトに入っていないはずだった。何もかもがわからない。

ただ、美雨が理解できないのは今にはじまったことじゃない。

小さいころからそうだった。美雨が脈絡のないことを言ったり、突拍子《とっぴょうし》もないことをやったりするたび、私がフォローをさせられる。そのくせ、周りは美雨だけを「楽しい子」とか「面白い子」と評価する。大人になった今だってそうだ。

「普通に祝ってくれればいいのに」

また独り言が出た。私は左右を見回しながら、いそいそと職場を目指す。

＊

晴香《はるか》ちゃんはしっかり者で、美雨ちゃんは天真爛漫《てんしんらんまん》。

四歳違いの私たち姉妹は、小学生のころから大人たちにそう言われて育った。大人たちというのは、両親だけじゃない。親戚のおじさん、学校の先生、近所のおばさん、友達の親など、接する機会がある大人は口をそろえてこう言った。

「晴香ちゃんは賢いし、自立してるね」

「妹もまだ小さいでしょう。面倒見てあげな」

「我慢することも多いかもしれないけど、お姉ちゃんだから」

自分で言うのもなんだけど、私は手のかからない子どもだったと思う。習い事には休まず通ったし、校則で決められたことにも違反しなかった。宿題を忘れたことも、学級委員の仕事を怠《なま》けたこともない。

一方、美雨は物心ついたころからだらしなくてワガママだった。

「お母さん、あれどこやったっけぇ？」

そんなセリフを毎朝聞かされた。

学校への持ち物を忘れるのは毎日のこと。気分が乗らなければ、宿題は絶対やらない。夏休みの最終日、家族総出で美雨の宿題を手伝うのが恒例行事だった。食べ物はこぼすし、好き嫌いは多い。すぐに物をなくすし、約束も忘れる。

お母さんもお父さんも、いつも美雨の世話を焼いていた。私が一人で全部できるばっかりに、大人は美雨のほうばかり見ていた。

私だって、山ほど美雨の面倒は見てきた。

お気に入りのペンがない、財布がない、スマホがない。妹がそう言って物をなくすたびに家じゅう捜索した。スーパーやモールで迷子になった美雨を捜し回ったのは、一度や二度じゃない。自分で選んだくせにメニューが気に入らないと泣き叫び、仕方なく私のものと交換したこともある。

気分屋で、だらしなくて、頼りない妹。

そのくせ、美雨には才能があった。絵の才能だ。

最初に絵を教えたのは私だった。リビングの床に画用紙を並べて、クレヨンで好き勝手に絵を描いた。四歳上の私が描く絵を見て、美雨は「うまっ」「すごー」と素朴な感想を口にしていた。

それなのに。

美雨は小四で市内のコンクールに入選したのを皮切りに、どんどん賞を取っていった。私はどんなに我慢してルールを守っても褒められないのに、美雨はただ好きな絵を描いているだけで褒められる。

ずるい。あまりにもずるい。

私だって、絵を描くことは好きだった。情熱なら、絶対負けないとすら思っていた。自由帳にこっそりマンガのキャラクターを描いたりしていたし、将来はアニメーターやデザイナーになることを夢見ていた。

図画工作や美術の時間には、人一倍時間をかけて絵を描いた。下手《へた》ではないはずだった。私だって、やれば美雨と同じレベルのことができると証明したかった。なのに、私の絵が評価されることは一度もなかった。

美雨はこっちの気も知らず、新しい絵を描くたび私に見せてくる。

「お姉ちゃん、見てこれ。金賞獲れるかなぁ？」

口では「いいんじゃない」とか「よく描けてるよ」と言いながら、内心イライラしていた。なんでこの子は不真面目なのに、絵の才能に恵まれてるんだろう。なんで私は真面目に生きてるのに、選ばれないんだろう。

美雨が中学生になり、絵画教室に通いはじめてからは、さらに差がついた。

あいかわらず忘れ物は多いし、寝坊ばっかりしているくせに、絵の技術だけは人並み外れていた。一目見ただけで、美雨の腕前が普通じゃないのはすぐにわかる。

私は高校で美術部に入っていた。いろいろなコンクールに出展したけど、箸《はし》にも棒にもかからなかった。一方、美雨は全国規模のコンクールで佳作に入ったりしていた。もはや追いつける距離にはいなかった。

本当は美大に行きたかった。でも、いくら予備校に通っても、自分には無理だと悟った。美大は美雨のような人が行く場所で、私の居場所はない。予備校に通わせてもらうだけ、時間とお金の無駄だ。

だから私は普通に勉強して、普通に受験して、東京のそれなりの大学に入った。一人暮らしの大学生活は、まあまあ楽しかった。

美雨は高二から美大予備校に通い、私が就職する年に一発で美大に合格した。そうなるだろうな、と思ってはいたけど、その知らせを聞いた時は少しだけ胸が痛んだ。

——なんで、美雨ばっかり。

私は学生時代から今の職場でアルバイトをしていた。その縁で、大学四年の時に社員登用の話をもらい、卒業後は社員として働くことが決まった。

入社前の春休み、実家へ帰ると、母親が思いもよらないことを言い出した。

「晴香の就職先と美雨の美大、近いんだって？　二人で一緒に住んだら？」

思わず、「えー」と言っていた。

美雨のことだ。一緒に暮らしたら、絶対に私を頼りきってくる。この歳になって、まだ妹の面倒を見るなんて御免だった。

「言うほど近くないって。別々のほうがいいよ」

私の反論は、母の「節約、節約」という声にかき消された。

「ただでさえ学費高いんだから、切り詰められるところは切り詰めないと」

「美雨だって、私と一緒なんか嫌だよ、絶対」

「そうでもないみたいだけど？」

その後、美雨に直接尋ねてみた。

「お母さんに言われたんだけど……もし私と一緒に住むことになったら、嫌だよね？」

「え、嬉《うれ》しい。お姉ちゃんと一緒がいい。めっちゃ助かるし」

美雨はこっちが引くくらい喜んだ。まずい。このままでは本当に一緒に住むことになってしまう。

「私、住むなら絶対府中だからね。職場の近くじゃないと無理だから。あんた、それでもいいの？　ほら、見て。大学まで片道一時間かかるよ。嫌でしょ？　嫌だよね？　嫌って言って！」

私はスマホで府中から美大までの道のりを検索して、目の前に突き付けた。美雨は眉《まゆ》をひそめていたけど、結局「別にいいよ」と言い放った。

「遅くなる時は、近くの友達に泊めてもらえばいいや」

「もう友達いるの？」

「いないよ。入学前だもん。けど、友達くらいできるでしょ」

あっけらかんと笑う美雨を前に、私は肩を落とした。

——常識が通じる相手じゃなかった……。

こうして、私と美雨は東府中のアパートで一緒に住むことになった。2LDKで、一部屋は私、もう一部屋は美雨の自室だ。

私の心配は的中し、それからは毎日のように、美雨を朝から叩《たた》き起こしている。掃除も洗濯もろくにしないし、ごはんも作らないいし、後片付けも、ゴミ出しすらもやらない。

「私はあんたのハウスキーパーじゃないいんだよ」と何度言っても、へらへら笑うだけだ。

そのうえ、美雨は私の勤務先である書店でアルバイトをはじめた。理由はこうだ。

「お姉ちゃんと同じ職場なら、何かあった時にフォローしてもらえるから」

ふざけるな。大学生なんだから、自分の尻《しり》は自分で拭《ふ》け。

そう思いつつ、何かあると手を貸さずにはいられない。これは長年の生活で身についた、姉としての習性みたいなものだ。店長やパートさんからも「姉妹で仲がいいねえ」なんて言われて、イラッとくる。

それでも、たまにごはんを一緒に食べたり、お茶を飲みながら雑談したりはする。二人で飲みに行って、帰りにふざけてプリクラを撮ったこともある。ムカつくし、イライラすることも一杯あるけど、これでも一応は姉妹だ。絆《きずな》というと照れくさいけど、それくらいの関係ではある。

互いの誕生日を祝うのも、毎年の恒例だった。

サプライズ好きの妹は、回りくどい方法でお祝いしたがる。社会人一年目の時は、「宝探し」と称して自宅に隠したプレゼントを捜索させられた。二年目の時は、パズルを解かないと開かない箱に、プレゼントが入れられていた。ちなみに一年目はハンドクリームで、二年目はハンカチだった。

「あんた、お金ないんでしょ。嬉しいけど、毎年プレゼント買わなくてもいいよ。私は気持ちだけで十分だから」

毎年、私がそう説教するのも恒例だった。半分は照れ隠しで、半分は本音だった。気持ちだけで十分、という言葉に嘘《うそ》はない。「おめでとう」の一言があれば、私は一日気分よく過ごせる。それで満足だ。

なのに。

今日の美雨は、面と向かって「おめでとう」すら言ってくれなかった。

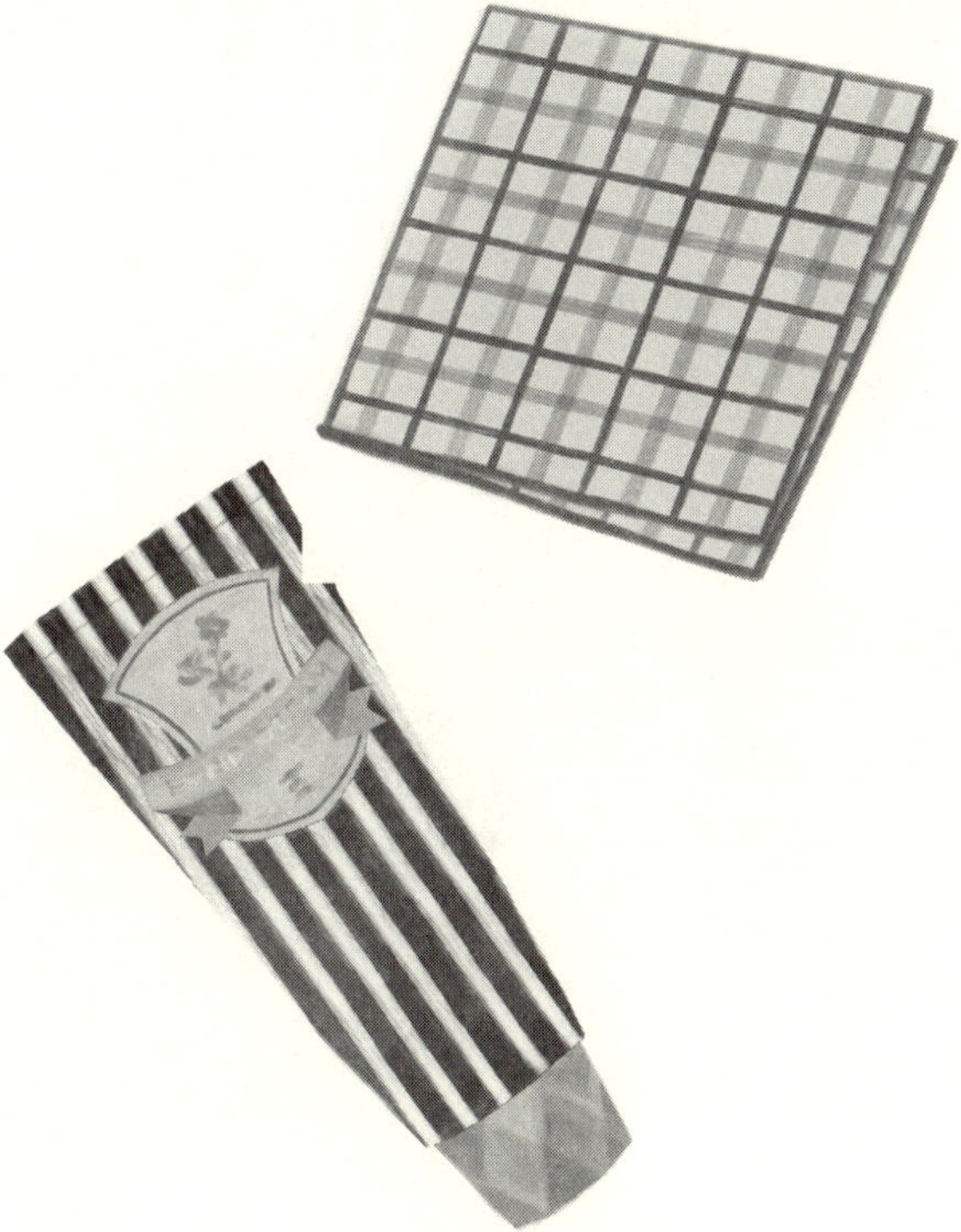

*

職場に着いたら、更衣室で美雨にもらったハンドクリームを使うのが習慣だった。お気に入りのブランドの製品で、洒落《しゃれ》たストライプ柄の容器に入っている。そのクリームをロッカーにしまったところで、入ってきたアルバイトさんから話しかけられた。

「野島《のじま》さん、今日遅番だっけ」

「そうなんです」

社員のシフトには早番と遅番がある。今日はお昼から閉店まで勤務する遅番だった。

「美雨ちゃん、ここのバイト辞めちゃったんだってね」

「えっ？」

初耳だった。呆然《ぼうぜん》としている私を見て、相手も驚いていた。

「もしかして知らなかった？」

「全然」

「やだ。私、言わないほうがよかったかな」

「誰から聞いたんですか」

話したのは店長だという。急いでエプロンをつけて店長を探す。店内には、のんきに棚を整理している店長の姿があった。「あの」と話しかけると「おはよう」と返ってきた。

「美雨がバイト辞めたって、本当ですか」

私があまりにも真剣な形相《ぎょうそう》だったせいか、店長はぎょっとした。

「ああ、うん。実はそうなんだよね」

「いつからそんな話が？　なんで私に黙ってたんです？　社員ですよ、私」

「僕も先月、言われてね。野島さんや他の人には黙っててくれって頼まれてさ」

店長いわく、昨日が美雨の最後の勤務日だったらしい。

なんてやつだ。私がいるから、という理由でバイト先を選んでおきながら、私に黙って辞めるなんて。どれだけ職場でフォローしてきたと思ってるんだ。湧き上がる怒りをどうにか鎮める。

——絶対、後で説教してやる。

大股《おおまた》でバックヤードへ歩き出した私の背中に、「野島さぁん」という店長の声が届いた。

「ちょっと待って。言い忘れてた」

「まだ何か？」

「美雨ちゃん、昨日売り場で何か細工してたみたいだよ」

「はい？」

「あそこのポスター。どうも落書きしたらしくて……」

「ダメじゃないですか。店の備品なのに」

「もちろん僕からも注意したんだけど。でも『伝言ですから』って言うだけで、全然反省してるそぶりがなくて……よかったら野島さんからも言っておいてくれないかな。もう辞めちゃったから、うちのバイトではなくなったんだけど」

いったん鎮めたはずの怒りが、また沸騰《ふっとう》しはじめる。

「……わかりました。しっかり、叱《しか》っておきます」

拳《こぶし》を握りしめながら、ふと、けさ美雨が残したメモ書きの文面を思い出す。

〈誕生日おめでとう　三年目のプレゼントの場所は書店に行けばわかります〉

――まさか。

頭のなかに、ある思いつきが浮かんだ。

たぶん、『伝言ですから』という美雨の言葉の通りなのだ。美雨はポスターに細工をすることで、掲示物として使えるようにしておきつつ、独自のメッセージを組み込んだ。何のメッセージか、って？

誕生日プレゼントの場所を伝えるメッセージだ。

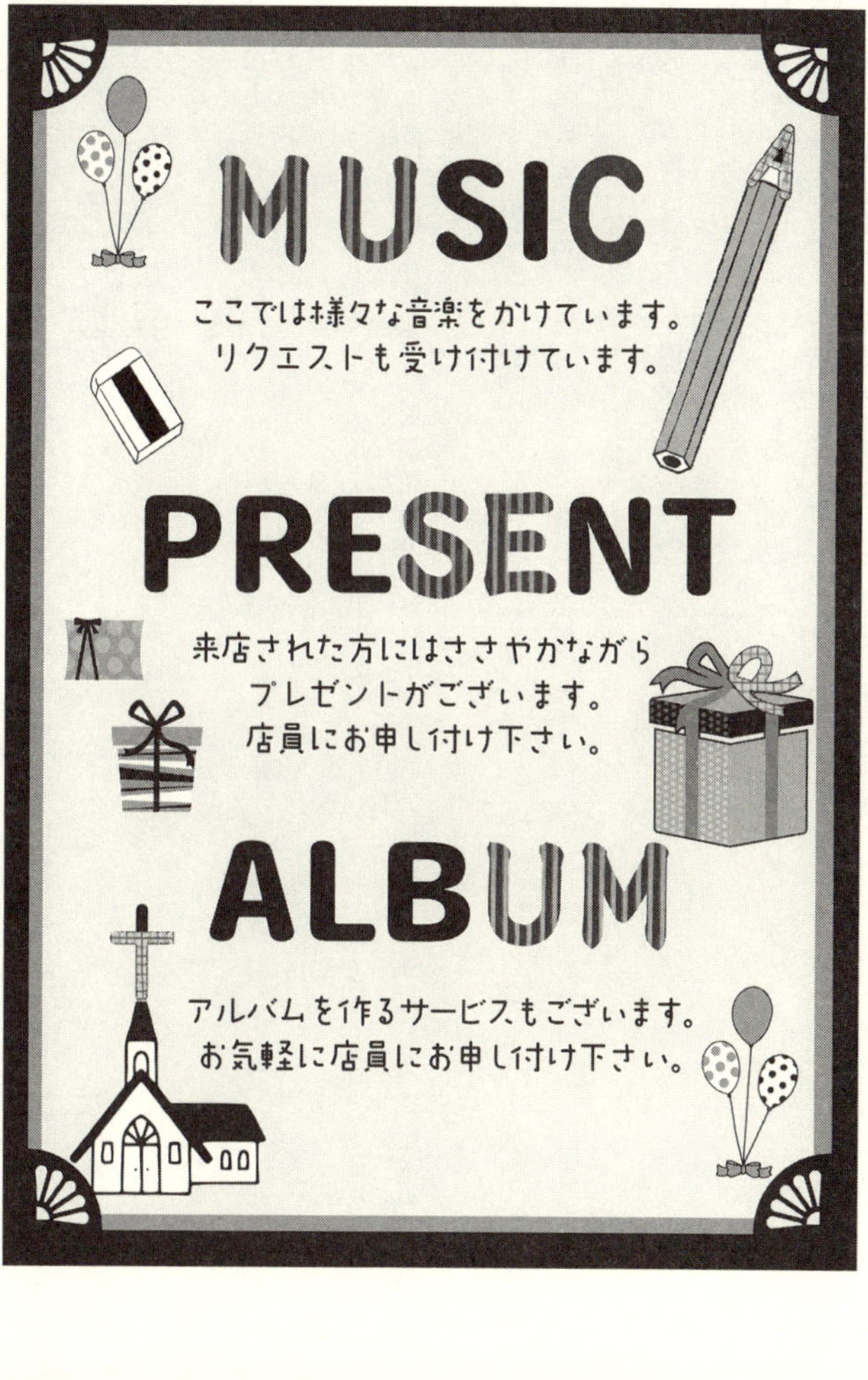
MUSIC
ここでは様々な音楽をかけています。
リクエストも受け付けています。
PRESENT
来店された方にはささやかながら
プレゼントがございます。
店員にお申し付け下さい。
ALBUM
アルバムを作るサービスもございます。
お気軽に店員にお申し付け下さい。

美雨はうちの売り場にあったポスターを見て、個人的に利用することを思いついたのだろう。そして、最後の勤務日にこっそり私へのメッセージを仕込んだ。ただただ、誕生日プレゼントを渡すためだけに。

「めんどくさ……」

また独り言が漏れた。

正直、妹のお遊びに付き合っているほど暇じゃない。年末の書店はただでさえ忙しいのだ。クリスマス前は絵本やマンガがよく売れるうえ、ラッピングを希望する方が激増する。営業時間中は品出しもろくにできない。ましてや、店内に仕掛けられた謎を解くなんて、無理に決まっている。

とりあえず、ポスターは開店前にスマホで撮っておいた。写真に残しておけば、休憩やトイレの間も考えることができる。我ながら名案だった。

「野島さーん、お電話ですー」

ポスターを撮り終えた直後、バックヤードから呼ばれた。

「今行きます！」

駆け足でレジの裏手に飛びこむ。電話の子機を耳と肩で挟みながら、ノートパソコンを操作して在庫を確認する。

今日も慌ただしい一日になりそうだ。

その日は美雨の仕掛けたメッセージを読み解くことができなかった。というか、そんな余裕はなかった。

出版不況と言われているのが嘘みたいに、店内は夜までお客様で一杯だった。レジには長い行列ができ、総出で対応した。定常業務で忙しく、謎を解くどころではない。帰路についたのは閉店後、午後十時過ぎだった。雨は小降りになっている。

――もう無理……。

例のポスターのことは気になっていたけど、頭を使う気力は残っていなかった。幸い、明日は休みだ。とにかく今は、早く帰って寝てしまいたい。美雨には悪いけど、それしか考えられない。

一駅隣の東府中にあるアパートまで、職場から直接歩いても二十分くらいだ。けど、雨が降っていたり疲れきっている時は、一駅だけでも電車を使う。私は帰りも電車に乗って、東府中駅からアパートまで歩いた。

玄関のドアを開けると、真っ暗だった。念のため「ただいま」と声をかけてみるが、返事はない。美雨はまだ帰っていないようだ。制作が忙しいのか、飲み会にでも行っているのか。

「姉の誕生日くらい、祝ってくれよな」

一人で文句を言いながら、シャワーを浴びる。部屋着に着替えて冷蔵庫から缶ビールを取り出し、喉《のど》を潤す。忙しかった日のビールは格別においしい。帰り道のコンビニで買った惣菜《そうざい》を食べ、ビールを飲みながら、店内で撮ったポスターを見直した。

自慢じゃないけど、頭は固いほうだと思う。酔いも加わってか、美雨の仕掛けたメッセージはさっぱりわからなかった。

日付が変わるまでダイニングで待っていたけれど、美雨は帰ってこなかった。言ってやりたいことは山ほどある。でも、ケーキでも買って帰ってきたら、今日のところは許してやろう――そんなことを考えていたけど、いつまで経《た》っても美雨は現れない。

空《あ》き缶と惣菜の容器を片付けて、寝ることにした。

「社会人なんて、こんなもんだよね」

何をつぶやいても、一人。私はできるだけ虚《むな》しさを直視しないようにしながら、眠りについた。

翌朝。起きた瞬間、顔がむくんでいるのがわかった。飲みすぎたせいだ。

——最悪。

布団《ふとん》から抜け出し、ダイニングに行ってみる。昨夜私が就寝する前のままだった。ドア越しに美雨に声をかけてみる。

「美雨、起きてる？　朝ごはんパンにする？　ご飯にする？」

返事がない。靴脱ぎ場を見れば、美雨がいつも履いているスニーカーもない。どうやら帰っていないらしい。またイライラが募る。勢いにまかせて、スマホで美雨にメッセージを送る。

〈外泊するなら言え！〉

はーっ、とため息が出た。私はいったい、何と闘っているんだろう？　勝手に期待して、勝手に怒って、バカみたいだ。

朝食のトーストを食べながら、どうやって休日を過ごそうか考える。予定はない。いつもなら洗濯や掃除、買い物で一日がつぶれるところだが、家事をやる気分ではなかった。かといって、平日ということもあり、誘える友達もそうそういない。

手に取ったのは、昨日、美雨が残していったメモ書きだ。

〈誕生日おめでとう　三年目のプレゼントの場所は書店に行けばわかります〉

「しょうがないなぁ」

暇つぶしだと思って、美雨の思惑《おもわく》に付き合うことにした。

とりあえずスマホでポスターを見返してみるけど、やっぱりわからない。こうなったら、美雨本人を見つけて問いただしたほうが早い。どこにいるかは知らないけど、家にいるよりは、ダメ元でも近所を捜し回ったほうがまだましだ。いくらなんでも、そう遠い場所ではないだろう。

いつもより少しだけ入念にメイクをしてから、部屋を出た。美雨から誕生日にもらったハンカチをバッグに入れる。ギンガムチェックのハンカチで、勝負時には持っていくと決めている。

雨が降っていた昨日とはうってかわって、冬晴れの空が広がっていた。風は冷たいけれど、からっと晴れているせいか心地いい。時刻は午前十時過ぎ。平日の街には、どこかのんびりとした空気が漂《ただよ》っている。

——どこに行こうかな。

これといった当てはない。ただ、美雨が好きそうな場所はいくつか知っている。

とりあえず、東府中駅前から線路沿いに西へ歩くことにした。一戸建てやアパートが建ち並ぶ通りを、府中駅まで、二十分ほどひたすらまっすぐ歩く。特筆するようなものはないけれど、私はこの直進する道が嫌いではなかった。黙々と足を動かしつつ、あれこれ考える時間は思いのほか悪くない。

　府中駅前にはいくつかの商業施設が建ち並んでいる。市内の中心地とあって、さすがに人出が多かった。ここまで来たついでに職場を覗《のぞ》きたくなってしまうが我慢する。せっかくの休日なんだから、仕事のことは忘れよう。

　駅の西側に出ると、南北に走るケヤキ並木通りに出た。ここは「馬場大門《ばばだいもん》のケヤキ並木」と呼ばれていて、ずいぶん古くからあるらしい。夏場は壮観で、ケヤキの木々に青々と葉が茂り、通り一帯は緑のトンネルになる。十二月の今は葉が落ちているけれど、これはこれで風情《ふぜい》があっていい。

　この通りは美雨のお気に入りだった。時間ができると、用事もないのにこの辺をぶらぶらしていることを私は知っている。

　以前、美雨に尋ねたことがあった。

「あんた、ケヤキ並木でいつも何してるの？」

「別にぃ。ただ歩いてるだけ」

「あそこで絵を描いたりはしないんだ？」

「しないねぇ。パワーをもらいに行ってる、って感じかな」

　ふーん、と答えて、その話は終わった。

あの子が駅周辺にいるとしたら、きっとここにいるはずだ。そう考えて来てみたものの、一向に美雨は見つからない。ケヤキ並木を往復したけれど、それらしき人影はなかった。

――ここにはいないか。

そうなると、次に怪しいのは並木の南端にある大國魂神社《おおくにたまじんじゃ》だ。

神社の大鳥居横には一対のケヤキが立っていて、向かって右側のケヤキがひときわ大きい。高さは七、八メートル。市街地のど真ん中に大きな木がそびえている光景は、なぜかいつ見ても心がなごむ。

この神社の境内《けいだい》も、美雨がよく訪れるポイントだ。

敷地内には拝殿や社務所だけでなく、相撲場や記念碑、結婚式場などが並んでいる。境内に足を踏み入れると、敷地の外よりも一層空気がひんやりと感じられた。ここに来るのは今年の五月以来だ。参道を歩きながら、その時のことを思い出す。

毎年四月三十日から五月六日まで、大國魂神社では七日間にわたって「くらやみ祭」と呼ばれるお祭りが開かれる。個人的には、一番の見所は夜の神輿渡御《みこしとぎょ》だと思う。大太鼓が打ち鳴らされるなか、提灯《ちょうちん》の光に導かれ、八基の神輿が神社周辺を練り歩く。

今年の五月、私と美雨は一緒に神輿渡御の見物に行った。その日はちょうど、美雨の誕生日でもあった。

「友達と飲みに行ったりしなくていいの？」

何度も確認したけど、美雨は「いいから、いいから」と言うだけだった。

日没後、私たちは街へと繰り出した。ほいさほいさ、という担《かつ》ぎ手たちのかけ声が街に響き、神輿の周囲はすごい人だかりだった。建物の照明は消され、提灯が煌々《こうこう》と輝いていた。間近で見る神輿は大きな生き物みたいに躍動し、かけ声と相まってすごい迫力だった。

その際、せっかく近くまで来たからと、大國魂神社にも寄ってみた。

「あたし、この神社たまに来るよ」

境内を歩いていると、美雨がぽつりと言った。

「へえ。なんで？」

「なんでって言われると難しいけど……涼しい、から？」

私はそれ以上質問するのを諦《あきら》めた。この子は常識が通じないんだった。美雨らしいと言えば、らしいけど。

意識は参道へと戻る。

鳥居と拝殿を往復したけれど、美雨の姿はなかった。参道横にある歴史館まで覗いてみたけど、やはりいない。

歴史館の裏には二階建てのカフェがあった。少し足が疲れたので休憩をとることにする。

店内は温かみのある内装だった。二階の窓際《まどぎわ》にある一人席に腰を下ろすと、窓の向こうに神社が見える。メニューに記されたケーキやスコーンに惹《ひ》かれつつ、カフェラテを注文した。ホットのカフェラテを飲みながら、美雨のことを考える。

――そういえば。

前に、美雨が府中駅の辺りにおいしい和菓子屋さんがあると言っていた。たまにそこで買い食いしていると言っていたけど、なんというお店だったか。

ダメ元で行ってみることにした。スマホで検索すると、駅の近くにある二つの和菓子屋さんが見つかった。それぞれどら焼きと最中《もなか》が名物らしい。

――悩ましいなぁ。

先に、最中の店から覗いてみることにした。カフェを出て道路に面した店舗に入る。そこに美雨の姿はない。一応お店の人にも訊《き》いてみたけれど、美雨らしき客は来ていないようだった。

ディスプレイされた最中を見ていると、お腹が減ってくる。一つだけなら食べてもいいことにしよう、と決める。

買った最中を我慢できず、お店の前で開封した。口に入れると、さくっとした皮の歯ごたえがあり、後からあんこの甘みが追いかけてくる。歩き疲れた身体《からだ》に糖分が染《し》みる。

その後どら焼きのお店も見てみたけど、やはり美雨はいなかった。

――ここでもないか。

寒風が首筋をなでる。最中一つじゃ空腹が収まらない。すでに正午を過ぎている。そろそろお昼ごはんにしたかった。

疲れた足を引きずり、いったん府中駅の方向へ戻る。駅の近くに前から行きたかったイタリアンの店があるのを思い出した。ランチタイムだったけど、運のいいことに一人分、席が空いていた。注文したナポリタンは濃厚で、美味《おい》しかった。

ごはんを食べている間も、考えているのは美雨が作った謎のことだった。なんとなく、ポスターにメッセージが隠されていることはわかる。けれど、これだけ見せられても何のことだかさっぱりわからない。

昨日から美雨にはいくつもメッセージを送っているけれど、一向に反応はなかった。電話もかかってこないし、返信もない。

ここまで手の込んだことをしておいて、生半可なプレゼントだったら承知しないからな。半分冗談、半分本気でそんなことを思う。

ランチを食べたら、やることがなくなってしまった。美雨の通う美大まで行く気力はないし、妹の大学に乗り込むのも大人げない。

――どうすればいいの……。

気が付けば、府中駅の北口改札前にいた。このまま改札を抜けて、東府中の自宅に帰るのが一番妥当に思える。というか、そうするより他に思いつかない。けど、その自宅にきっと美雨はいない。

なんでバイト辞めちゃったの？

プレゼントどこに隠したの？

今、どこにいるの？

訊きたいことは山ほどある。それなのに、美雨からの反応はない。

――なんなんだろ、姉妹って。

私ばかりが世話を焼いたり、怒ったり、心配したりしている。でもたぶん、美雨には一つも伝わっていない。全部、私の空回り。それなのに、あの子は自由気ままに、好きな道を歩んでいる。やっぱり同じ家に住むのは間違いだったのかもしれない。これ以上一緒に暮らしていたら、本当に嫌いになってしまいそうだ。

お姉ちゃん、おめでとう。一言、そう言ってくれれば私は満足なのに。

「報《むく》われないなぁ」

唇を嚙《か》んで、あふれそうな感情を堪《こら》える。悲しさを我慢するのは長女の習性みたいなものだ。それでも私は、改札の前で一歩も動くことができなかった。

「どうかされましたか？」

その声にはっと振り向くと、駅員さんが立っていた。黒ぶちの眼鏡《めがね》をかけた、痩《や》せ型の男性だ。見慣れた京王《けいおう》電鉄の制帽制服を身につけている。

「あ、大丈夫です。すみません、邪魔ですよね。こんなところに立ってたら」

「いえ……顔色がすぐれないようですが」

「全然、平気です」

立ち去ろうとした私を、駅員さんの「失礼ですが」という声が追いかけてきた。

「誰か、大事な人を捜しているんじゃないですか」

ひとりでに足が止まった。

「……どうして、知ってるんですか」

「なんとなく」

駅員さんは微笑する。その笑顔が自然だったせいか、私は素直に「はい」と認めていた。

「あの、私昨日が誕生日で。妹からのプレゼントの場所を探してるんです。あと、妹もいなくて……」

初対面の駅員さんに、私は思いきり個人的な事情を話していた。この人の優しい雰囲気のせいか、あるいは私のメンタルが弱っているせいか。駅員さんは親身になって話を聞いてくれた。

「よければ、その謎を見せてもらえませんか？」

言われるがまま、スマホに保存しているポスターの写真を見せた。駅員さんはしばし黙って考え込んでいたけど、やがて「他に、カギとなりそうな情報はないですか？」と言った。

「カギ？」

「はい。この謎は、おそらく掲示物単体では解けません。あなただけが知っているカギを当てはめることで、特別な答えが浮かび上がるのではないでしょうか」

「そう言われても……」

思い当たることはなかった。

「何か、個別にヒントを渡されていませんか」

「ヒント……」

「過去の会話とか、メールとか、メモとか、何でもいいんです」

「……メモなら、あります」

昨日の朝、テーブルの上に残されていたメモ書きだ。私はそれを持ち歩いていた。

〈誕生日おめでとう　三年目のプレゼントの場所は書店に行けばわかります〉

メモを見た駅員さんは、「三年目」とつぶやいた。

「昨年のプレゼントは、何だったんです?」

「ハンカチ」

バッグからハンカチを取り出して見せる。

「一昨年《おととし》は?」

「ハンドクリーム」

「現物を拝見することは可能ですか?」

持ち歩いてはいないが、写真ならある。ハンドクリームの写真を見せると、駅員さんはにやりと笑って「やっとわかりました」と言った。

「何がです?」

「プレゼントのある場所が」

レンズの奥の目は、少しだけ得意げに細められていた。

＊

府中市美術館には、駅からバスに乗って十分ほどで到着する。グリーンの車体に揺られながら、ぼんやりと考え事にふけった。

市内に住んで三年目になるのに、美術館へ行くのははじめてだった。

もともと、絵を鑑賞するのは嫌いじゃない。高校生くらいまでは地元のミュージアムによく通っていた。でもここ数年、美術館を避けるようになっていた。理由はわかっている。美雨への嫉妬《しっと》のせいだ。

いつからか、アート作品を観《み》るたび美雨のことが頭をよぎるようになった。絵の才能に恵まれた妹と、恵まれなかった私。その格差を思い出し、純粋にアートを楽しめなくなっていた。

――嫌な姉だよね。

バスに揺られながら、駅員さんが教えてくれた問題の解法を振り返る。

「カギは、残されたメモ書きにあります」

駅員さんは穏やかな声でそう言った。言われるがまま、読み返す。

〈誕生日おめでとう　三年目のプレゼントの場所は書店に行けばわかります〉

「わざわざ三年目、と書かれていることに意味があるんです」

つまり一、二年目のプレゼントがヒントになっているのだ。一年目にもらったのはストライプのハンドクリームで、二年目はギンガムチェックのハンカチ。ここまで言われれば、鈍《にぶ》い私でもピンと来た。

「ポスターのなかに、同じ模様がある！」

ポスターに記された英単語のうち、〈MU〉〈SE〉〈UM〉がハンドクリームと同じストライプ柄で塗られている。つなげれば〈MUSEUM〉。目を凝《こ》らすと、ギンガムチェックの模様も潜《ひそ》んでいた。鉛筆の先端に〈A〉、プレゼントのリボンに〈R〉、教会の十字架に〈T〉。こっちは順番に並べると〈ART〉になる。

ふたつをつなげると〈ART　MUSEUM〉。つまり――。

「美術館だ！」

府中で美術館といえば、真っ先に思いつくのは府中市美術館だ。駅員さんの解説を聞くと、もうこれが正答としか思えなかった。

目的の停留所でバスを降りる。

美術館は、府中の森公園のなかに建っていた。昼下がりの公園には、犬と散歩をしている人やベンチで休んでいる人たちがいる。こんなに気持ちのいい場所があるなら、もっと早く知りたかった。

館内に入ると、左手にミュージアムショップがあった。そちらから聞き覚えのある笑い声が聞こえる。つい、早足になった。

棚を整理しながらスタッフと談笑しているのは、まぎれもなく私の妹だった。

「美雨！」

反射的に、大きな声が出てしまった。近くにいたスタッフがぎょっとした顔で私を見る。振り向いた美雨はさして驚くそぶりもなく、「あ」と言った。

「お姉ちゃん、やっと来てくれた。割と時間かかったねぇ」

「なにのんきなこと言ってんの！」

美雨を叱りながら、ようやく悟った。私はずっと心配していたんだ、この子のことを。

「連絡しても返信しないし、電話もよこさないし……無断で外泊するなって言ったじゃん」

「あー、昨日はちょっと制作立て込んでて、友達の家に泊めてもらっちゃったぁ。平気だって。もう二十一なんだから」

美雨はいつものようにへらへらしている。そういうところが心配なんだよ、と言いたい。

「だいたい、なんで私に言わないでバイト辞めちゃうの？」

「いやぁ。先月、先輩からここのバイト紹介されてさぁ。美大生としては、美術館で働けるほうがいろいろありがたいから、職場変えることにしたんだよね。でも書店のバイトも好きだったからさぁ。未練がないように、あえて何も言わず辞めたっていうか」

「だとしても、私には言ってよ。家族だよ？」

「そうなんだけどさ。お姉ちゃん真面目だから、『みんなに伝えてからやめなさい！』って言われそうで……」

ぐっ、と言葉に詰まる。たしかに、きっとそう言っていただろう。

私たちのすぐ横を、ショップの訪問客がすり抜けていく。スタッフが表情で「外でやってくれ」と言っているのがわかった。ぼんやり突っ立っている美雨を、「あっちで話そう」と連れ出す。

私たちはエントランスロビーのベンチに並んで座った。

「なんで、こんな回りくどいことしたの？」

「えぇ？　だって楽しいじゃん。美術館に来て、って普通に言ってもつまらないでしょ」

「私は疲れたよ」

「でも達成感はあるでしょ?」

美雨には微塵《みじん》も反省の色がなかった。呆《あき》れてため息も出ない。

「それで、プレゼントって?」

「お姉ちゃん、去年プレゼントあげた時、毎年買わなくてもいい、って言ったよね?」

その質問には答えず、美雨は天井を見上げて「うーん」と言った。

「言ったけど、それが?」

「あたし、あれから一年かけて考えたんだ。どんなものだったら、お姉ちゃんが喜んでくれるのか。どうすれば、お祝いの気持ちが伝わるのか」

その横顔は真剣だった。美雨がそんなことを考えていたなんて、全然知らなかった。

「そうだったんだ……」

「いろいろ考えたけど、やっぱりあたしには絵しかないんだよね。昔からそうだけど。あたし、それ以外のことでは何もお姉ちゃんに敵《かな》わないじゃん?」

「えっ?」

心底びっくりした。美雨が、私に敵わない? 逆じゃなくて?

美雨は続ける。

「あたし、バカだからさ。物はなくす、約束は忘れる。何もかもテキトーだし、勉強はしないし。お母さんもお父さんも、本当はお姉ちゃんみたいにちゃんとした人に育ってほしかったはず。でもあたしには無理だった。だからずっと、お姉ちゃんのことが羨ましかった」

美雨の告白を聞いて、絶句した。

私はずっと美雨に嫉妬してきた。でもその美雨が羨ましく思っていたのは、私だった。

周りから「楽しい子」とか「面白い子」と言われる美雨は、恵まれているのだと思っていた。でも当の美雨は、そう言われるたびに傷ついていたのだろうか。気分屋な性格を誰よりも嫌っていたのは、美雨自身だったのかもしれない。

今までさんざん美雨には呆れてきたけど、呆れるくらいバカなのは、私のほうだったみたいだ。私だって本当はわかっている。美雨に頼られるのは面倒くさいけど、いざいなくなったら寂しい。

「あたしには絵しかないからさ。今年のプレゼントには絵を描いたんだ」

美雨は唐突にベンチから立ち上がり、すたすたとどこかへ歩き出した。

「ちょっと。美雨?」

慌てて追いかける。

「どこ行くの?」

「いいから、こっち来て」

美雨はエントランスの右手へと進む。少し歩いたところで立ち止まった。

「これが、三年目の誕生日プレゼント」

そこは、館内に設けられた市民ギャラリーだった。

ギャラリーの壁一面に、見覚えのあるタッチの絵画が展示されている。いつだったか、美雨が自宅に持ち帰ってきた絵とよく似た雰囲気だった。どの絵にも、そろって同じ女性が描かれている。

私はその女性をよく知っている。誰よりも。

「これって……」

描かれているのは、すべて私だった。職場で働いている私。テレビを見ている私。キッチンで料理を作っている私。美雨に説教をしている私。笑っている私。

美雨は「どう?」と上気《じょうき》した顔で言った。

「ここのギャラリー、有料で借りられるんだ。念のため一週間借りておいてよかった」

そこまで話してから、「そうだ、忘れてた」と手を叩いた。

「お姉ちゃん、誕生日おめでとう」

私はまた、唇を噛んでいた。

泣いちゃダメだ。我慢するのは得意なはずでしょ。そう言い聞かせるけど、どうしても涙を堪えることができなかった。静かに涙を流す私を見て、美雨のほうが慌てた。

「わっ、大丈夫？　なんか変なとこあった？」

「……美雨」

「何？」

「ありがとう」

ずっと、私が一方的に美雨を見守っていると思っていた。でも本当は、全然違った。美雨は私と同じくらい、もしかしたらそれ以上に、私のことを見ていた。私だけが世話を焼いているなんて、とんだ勘違いだった。

「ごめんね、美雨」

「えっ、なんで？」

「なんでも」

涙を拭って顔を上げる。

ギャラリーの一番奥には、ひときわ大きな絵が展示されていた。その絵だけは、二人の人物が描かれている。手前で笑っているのは私で、その後ろでふざけた顔をしているのは美雨だった。

「前に二人でプリクラ撮ったの、覚えてる？　あれを絵にしたんだ」

「……最高の絵だね」

それは、嘘偽りのない感想だった。振り返ると、美雨は絵のなかと同じ、ふざけた顔をしていた。自然と笑いが漏れる。

美雨は怠け者で、手がかかって、ワガママで、面倒くさい妹だ。ムカつくことはしょっちゅうだし、一緒に住んでいるだけでイライラする。そのくせ要領はいいし、絵の才能は抜群。これで嫉妬するなというほうが無理な話だ。

それでも。

美雨はやっぱり、私の大事な妹だった。

お姉ちゃんは昔から頭が固い。

コツコツ真面目に、を絵に描いたような人だ。ルールは厳守。約束に一分でも遅刻しようものならカンカンに怒る。口うるさいし、細かいし、融通が利《き》かない。本はよく読んでいるけれど、パズルや謎解きは大の苦手。やっぱり柔軟さが足りないんだと思う。

それでも、お姉ちゃんはあたしの誇りだ。

あたしはどんなに怒られようが、真面目にやることがどうしてもできない。約束は覚えられないし、覚えていても遅刻する。真剣にやれと言われても、ついふざけたり、茶化したりしてしまう。これはもう、生まれ持った性格なのだと思う。矯正《きょうせい》することはとっくに諦めた。両親もお姉ちゃんも、あたし自身も。

たぶん、あたしは生きるのに向いてない。毎日決まった時間に決まった場所へ行って、勉強なり仕事なりをして、身の回りを整える。そういう当たり前のことが、とてつもなくハードルが高い。オリンピックで金メダルを取るとか、総理大臣になるとかに近いレベルで。こう話すと「おおげさな」と言われるけれど、ムリなものはムリなのだ。

唯一、人よりできるのは絵を描くことだけだ。

絵を描きはじめたきっかけは覚えていないけど、お母さんが言うにはお姉ちゃんらしい。二、三歳のころから、リビングで絵を描いているお姉ちゃんの横で、スケッチブックに一生懸命クレヨンを押し付けていたそうだ。

「美雨はお姉ちゃんの真似《まね》がしたいんだねえ」

父も母も、姉妹でお絵かきに没頭する光景を見てそう言っていたという。

お姉ちゃんだって絵が下手なわけじゃない。普通よりはずっと上手《うま》いほうだと思う。でも、あたしは小学校低学年のころからわかっていた。たぶん、この分野でだけはお姉ちゃんに勝つことができる。

正直、絵がすごく好きだったわけじゃない。でも勉強も運動もぱっとしなくて、生活もだらしなくて不真面目なあたしが、お姉ちゃんより優《すぐ》れているのはその一点だけだった。最悪、勝てなくてもいい。せめて肩を並べられるものがあれば、「不出来な妹」から卒業できると思った。

一心不乱に絵を描いて、絵画教室に通って、死ぬほどデッサンして、気が付けば美大に入っていた。

いつからか、お姉ちゃんは絵やアートの話を避けるようになった。美術館にも行かなくなった。あたしのせいだってわかってたけど、こっちも今更やめられない。あたしは絵筆一本で人生やってくんだって決めたから。

それでも、お姉ちゃんにはあたしのことを認めてほしかった。跳ね返されるのはわかりきった意固地なお姉ちゃんのことだ。真正面からぶつかっても、とにかくお姉ちゃんにあたしの作っている。だったら、変化球でもなんでもいいから、とにかくお姉ちゃんにあたしの作品を見てほしい。アートに、美術館という場所に、もう一度触れてほしい。

大学のアトリエで作業をしていた時、ふと思いついた。

「……もうすぐ、お姉ちゃんの誕生日じゃん」

いいことを思いついた。お姉ちゃんを最高に喜ばせ、かつ美術館へ連れていく方法を。ちょっと手間はかかるけど、いいアイディアだ。そして、思いついたら即行動する。それがあたしのやり方だ。

新しいキャンバスに絵具を乗せながら、自然と、口の端《は》に笑みが浮かんでいた。

聖蹟桜ヶ丘編

「……嘘《うそ》でしょ」

スマホを見つめながら、口からつい、言葉がこぼれていた。

わたしの視線はあるSNSの投稿に釘付《くぎづ》けだった。投稿者は人気バンドのギタリスト、尾田俊介《おだしゅんすけ》。音楽にはあまり詳しくないわたしでも、そのバンドの名は知っている。テレビドラマとのタイアップ曲がヒットし、ストリーミングサービスの再生回数ランキング上位に名を連ねている。

とはいえ、わたしは尾田俊介のアカウントをフォローしているわけじゃない。誰かが拡散した投稿が、SNSのタイムラインに流れてきただけだ。いつもなら一秒でスワイプして視界から消してしまいそうな投稿を熟読してみる気になったのは、ただの偶然だ。仕事終わり、自宅でごはんを食べながらスマホをいじっている最中で、たまたま時間があったから。ただそれだけ。

でもその投稿は、わたしの意識をとらえて離さなかった。もう一度頭から読み直す。

〈恩人を捜しています〉

その一文からはじまる文章は、SNSにしては長文だった。

〈僕たちは去年の春、京王《けいおう》電鉄の下北沢《しもきたざわ》駅で出会ったある男性に救われました。詳細は語れませんが、その人がいなければ、バンドは空中分解していたかもしれません。黒ぶち眼鏡《めがね》をかけた、三十歳くらいの細身の男性です。京王の職員の制服を着ていたので駅員さんだと思っていたのですが、問い合わせてもそのような人物はいない、という回答でした〉

ごくり、と喉《のど》から音がする。無意識のうちに唾《つば》を呑《の》んでいた。

〈バンドのメンバーにも「本当にいたの？」と言われますが、僕はたしかにその男性と話しました。名前を聞いておかなかったことを悔やんでいます。ずいぶん時間が経《た》ってしまいましたが、その人に心当たりがある、という方がいたら、事務所宛に情報をいただけないでしょうか〉

その下には彼らの所属事務所の連絡先が記され、末尾は「尾田俊介」という記名で締めくくられていた。

「嘘だ」

再度、わたしはつぶやいていた。

黒ぶち眼鏡をかけた三十歳前後の細身の男性で、京王電鉄の職員。わたしはその特徴に該当する人をよく知っている。絶対にそうだとは言えないけど、考えれば考えるほどそうとしか思えなくなってくる。

該当する人というのは、わたしの夫だ。藤原幸太郎《ふじわらこうたろう》。でも、一年前に尾田俊介が出会ったというその駅員が、幸太郎であるはずがない。フォトスタンドに飾った写真のなかでは、眼鏡をかけた幸太郎が満面の笑みを浮かべている。

——あり得ない。

だって、幸太郎は三年前に亡くなっているのだから。


同い年のわたしと幸太郎が結婚したのは、六年前。二十七歳の時だった。

一緒に住む家を聖蹟桜ヶ丘《せいせきさくらがおか》にしたのは、単に職場が近かったからだ。駅前のショッピングセンターに入っているアパレルショップがわたしの勤め先で、京王電鉄の職員である幸太郎は、沿線ならどこでもいいという考えだった。

結婚から三年が経った三十歳の時、幸太郎の病が判明した。医師からの説明にはわたしも同席したけれど、完治は難しい、というのが結論だった。

その日、わたしは一生分の涙を流した。けれど当の幸太郎は淡々としていて、むしろわたしの慰め役に回るくらいだった。

——今日明日に死ぬわけじゃないから。残された時間、精一杯生きるよ。

幸太郎は駅員という仕事が好きだった。指導営業掛《がかり》として働いていた幸太郎は、数百万人の生活を左右する鉄道の仕事に誇りを持ち、ギリギリまで仕事を続けた。体調の問題で退職せざるを得なくなり、最後の出社を終えた日の夜、幸太郎は寂しそうにつぶやいていた。

——もう少しだけでいいから、仕事がしたかったな。

沿線の病院に入院した幸太郎は、半年の闘病生活を経て旅立った。それが三年前のことだ。

わたしはもう一度、尾田俊介の投稿を熟読する。何度確認しても、そこには〈去年の春〉と書かれていた。やっぱり、幸太郎であるはずがない。冷静になってみると、体型も、年齢も、黒ぶち眼鏡をかけていることも、幸太郎だと特定する決定的な証拠にはならない。そういう人は世の中にごまんといる。

——でも。

京王側は、〈そのような人物はいない〉と回答している。わざわざ嘘をつく必要はないはずだから、本当にいないのだろう。なら結局、その男性は誰なんだ？

考えても、一向に答えは出なかった。

人気バンドのギタリストだけあって、尾田俊介の投稿にはたくさんの返信《リプライ》がついていた。その一つ一つをじっくりと読んでみる。大半が、〈応援してます〉とか〈見つかるといいですね〉といった前向きなコメントだったが、なかには〈本当の話かな？〉と懐疑的なものもある。

たくさんのリプライを流し読みしていると、ふと、ある投稿に視線が引き寄せられた。

〈すごく似た経験があります。私は府中《ふちゅう》駅ですけど〉

「……えっ？」

思わず前のめりになる。

誰か一人の投稿なら、偶然似ていただけの赤の他人ということもある。でも、もう一人現れたということは、本当に……。

わたし自身、オカルトの類《たぐい》は信じないタイプだと自負している。この世に幽霊なんて実在しない。でも今だけは、少しだけその可能性を信じてみたかった。

リプライを送った人のアカウントを覗《のぞ》いてみる。プロフィールから、府中で働く書店員だとわかった。過去の投稿をさかのぼると、昨年の十二月にこんな投稿をしていた。

〈今日、奇跡が起こった！　眼鏡をかけた駅員さんにお礼を言いたいけど、そんな人物はいない、と駅で言われてしまった。いったい何者だったんだろう？　知ってる人いたら、情報ほしいです。〉

詳しくは書かれていないが、この人が会ったという駅員も、おそらく似た特徴なのだろう。そうでなければ、わざわざ尾田俊介の投稿にリプライを送ったりはしない。

——落ち着け。

いったんスマホをテーブルに置いて、深呼吸をした。

仮に、この二人が会ったのが幸太郎だったら。いや、あり得ないことだとわかっている。京王側が〈そのような人物はいない〉と回答したことも納得できる。幸太郎はもう亡くなっているのだから、該当する社員がいるはずがない。

わたしはもう一度SNSに目を通し、頭をかきむしった。

「幸太郎なの？」

万が一、本当に万が一、二人が会ったのが幸太郎だとしたら。わたしももう一度、彼と会うことができるということだろうか？

書店員のアカウントのほうは、他アカウントからのメッセージを受け付けられるようになっていた。わたしは震える指で、スマホを操作して文面を作成する。見知らぬ相手にメッセージを送るなんてはじめてだった。

〈突然の連絡すみません。過去の投稿についてうかがいたいことがあり……〉

先方から指定されたカフェは、感じのいい店だった。

二杯目のコーヒーを飲み干したわたしの前に、二十代なかばと見える女性が立った。目が合った瞬間、お互いが何者かを悟る。先に口を開いたのは向こうだった。

「あの……藤原弥生《やよい》さんですか？」

「はいっ」

答える声が上《うわ》ずる。彼女は一礼し、折り目正しく名乗った。

「野島晴香《のじまはるか》といいます」

わたしの向かいに腰を下ろした野島さんは、空《から》になったカップに目を落とした。

「もしかして、待ちましたか？」

「いえ。全然」

嘘だった。本当は、約束の時刻の一時間前から待っていた。わたしは紙袋に入った焼き菓子の詰め合わせを、野島さんに手渡す。

「これ、よかったら」

聖蹟桜ヶ丘ではおなじみの洋菓子店のものだった。野島さんは遠慮していたけど、しつこく勧めると根負けして受け取ってくれた。

「今日はお時間いただいてすみません」

「お役に立てるかどうか、わからないですけど……」

野島さんの態度からは、謙虚で真面目な人柄が伝わってくる。二人分のコーヒーを注文してから、わたしは〈黒ぶち眼鏡の駅員〉と出会った時の状況を聞いた。野島さんは手帳を見ながら当時のことを思い出す。

「その時、妹とケンカじゃないですけど、行き違いがあって。府中駅で途方に暮れていたところに、駅員さんが声をかけてくれたんです。三十歳くらいの男性で、痩《や》せ型で……」

「黒ぶち眼鏡をかけていましたか？」

「そうです。セルフレームの眼鏡」

――絶対そうだ。

予感が確信に変わっていく。スマホに幸太郎の写真を表示して、野島さんに見せた。

「この男性じゃないですか？」

「あっ、そう！　この人です！」

野島さんがいきなり大きな声を出したせいで、コーヒーを運んできたスタッフがびくりと肩を震わせた。

――やっぱり、幸太郎だ。

よく似た別の職員、という可能性はゼロに近い。だって、京王側は〈そのような人物はいない〉と回答しているのだから。わたしは、彼女が遭遇したのはこの世に蘇《よみがえ》った幸太郎だと確信していた。

　深く息を吸い、あらためて尋ねる。

「この駅員は、なんて言ってました？」

「えっと……『誰か、大事な人を捜しているんじゃないですか』って」

　声をかけられた野島さんは、頭を悩ませていた「謎」を駅員に見せたのだという。

「謎、ですか？」

「妹のサプライズみたいなもので……私には解けなかったんですけど、駅員さんがその場ですぐに手がかりを見つけてくれて。おかげで、妹の隠していたものを見つけられました」

　入院中の幸太郎の様子を思い出す。退屈を持て余していた彼は、よくベッドで謎解きをやっていた。探してみれば、本やネットにはさまざまな謎解きクイズがあるのだと、嬉《うれ》しそうに言っていた。その時の経験が役立ったということか？

　考えごとに没頭していると、野島さんがおずおずと切り出した。

「さっきの写真の方ってどなたなんですか？」

　肝心のことを話していなかったことに気が付く。

「すみません。わたしの夫です」

「そうなんですか。よければ、お礼を伝えていただけますか？」

心臓を握りしめられたような、苦しさを覚える。どこまで話すべきだろうか。迷ったが、わたしは結局、いちばん大事なことから伝えることにした。

「亡くなってるんです」

「えっ?」

「夫はもうこの世にいないんです。三年前に亡くなりました」

野島さんの顔色が変わった。

「それって……」

「わたしにも、どういうことかわかりません。けど、たとえ幽霊だとしても、夫ともう一度会うことができるなら手がかりがほしいんです」

信じられない、と言いたげに、野島さんは眉《まゆ》をひそめてうつむいた。それはそうだろう。恩人が幽霊だった、と言われて平静でいられるわけがない。それでも野島さんは、真剣な顔つきで「あの」と言った。

「無責任なこと言いますけど……たぶん、会えると思います」

言葉には力がこもっていた。ただの空虚な励ましには聞こえない。

「少なくとも私は救われました。あの駅員さんなら、きっと願いを無視したりはしないと思います」

どう応じていいのかわからなかった。ふいに、涙がこぼれそうになる。今日はじめて会った人が、幸太郎のことをそんな風に言ってくれることが嬉しかった。こんなところで泣いちゃだめだ、と目を見開いて泣くのを堪えた。

生前、幸太郎が言っていたことを思い出す。

――この鉄道を利用する人で、「他人」は一人もいないよ。

「……ありがとうございます」

胸の奥から自然と出てきたのは、感謝の言葉だった。

それから、〈黒ぶち眼鏡の駅員〉についての情報を探し求め、ネットを巡回するのがわたしの日課になった。

有名人の投稿とあって反響はそれなりにあったけれど、だいたいは幸太郎と無関係の情報か、根拠の薄い目撃談だった。けれど翌週になって、あるネット掲示板で気になる情報を一つ見つけた。

〈去年の夏に高尾山口《たかおさんぐち》の駅で同じような駅員に会いました〉

その投稿で語られている駅員の特徴は、幸太郎と合致していた。細身で黒ぶち眼鏡をかけた、京王電鉄の制服を着た男性。

〈息子を捜している最中に声をかけたら、親身になって話を聞いてくれました。息子からはクイズというか、妙な謎を出されていましたが、すぐに解いてくれたので驚きました〉

息子さんの名前は龍也《たつや》くんというらしい。それにしても、また「謎」だ。野島さんも妹から謎を出された、と言っていた。もしかすると、「謎」がカギなのだろうか？

わたしはダメ元で、〈Estuary《エスチュアリー》〉の尾田俊介に手紙を書いた。下北沢駅で会った駅員は、三年前に亡くなった夫かもしれない。その旨を便箋《びんせん》に記し、幸太郎の写真を同封して所属事務所に送った。じれったいけど、返事を催促するわけにもいかないから、辛抱強く待つしかない。

待っている間せめてもの気晴らしに、ある儀式をすることにした。

聖蹟桜ヶ丘駅前には「青春のポスト」というモニュメントがある。ポストというだけあって、ちゃんと投函口《とうかんぐち》もある。ただし、普通の郵便ポストではない。手前に埋めこまれたプレートにはこんなことが記されている。

・あなたの夢や目標を、カードに書き綴《つづ》って投函してください。
・配達はされません。代わりに耳を澄ましてあなたの努力を見守ります。
・夢を叶《かな》えたら、その報告を綴って再び出しに来てください。

・みんなが2回ずつ投函してくれることを願っています。

このポストの存在は、住みはじめたころから知っていた。粋《いき》な取り組みだなあ、とは思っていたけれど、実際に投函したことはない。絶対叶えたいと思うほどの夢なんて、特になかったから。

でも、今は違う。

春のセール準備で忙しい三月の夜、わたしは仕事終わりに「青春のポスト」へ立ち寄った。バッグからポストカードを取り出して、そっと投函口に入れる。ポストカードには短く一文だけ記していた。

〈幸太郎に会えますように〉

わたしはポストに向かって両手を合わせ、祈った。

――お願いします。どうか、会わせてください。

幸太郎がいなくなってから、わたしの人生は時が止まってしまった。新しいことに挑戦する気力なんて湧かない。誰かと会うのも、何かをはじめるのも億劫《おっくう》だ。ただただ、それまでと同じ暮らしを惰性《だせい》で続けているだけだった。

もう一度。たった一度だけでいい。幸太郎と会って話ができれば、新しい人生に向かって歩き出せる気がする。

駅前にあるアパレルショップで、正社員として働きはじめて八年経つ。すっかり古株で、発注や在庫管理もまかされているため、それなりに忙しい。ただ、今はその忙しさがありがたかった。仕事をしている間は、モヤモヤを忘れることができるから。

休憩中、バックヤードで後輩から声をかけられた。

「藤原さん、大丈夫ですか？」

「なんで？　全然平気だけど」

「ならいいんですけど……ちょっと、顔色よくなさそうなんで」

指摘にドキリとする。自分ではうまくごまかせているつもりでも、近くにいる仲間にはバレるものらしい。

実際、しんどくないと言えば嘘になる。最近は幸太郎のことばかり考えているせいで感情が不安定だった。ＳＮＳ上の手がかりがぱったり途絶えたことに焦る気持ちもある。何より、最大の不満は、

——なんで妻であるわたしの前に現れてくれないの？

ということだった。

この際、幸太郎が幽霊なのかなんなのか、それはどうでもいい。でも、知らない人たちの手助けをする前に、ずっとそばにいたわたしの前に姿を見せるのが筋でしょうが、という気持ちがあるのは事実だった。

休憩時間が終わる間際《まぎわ》、スマホにメッセージが来た。送り主は野島さんだ。何気なく冒頭の一文を確認したわたしは、目を見開いた。

〈黒ぶち眼鏡の駅員を捜しているという女性が、もう一人います〉

どうやら、別の女性からもＳＮＳ経由で野島さんに連絡があったらしい。その女性は、京王多摩川《たまがわ》駅で例の駅員と遭遇したようだ。

「うそ?」

怪訝《けげん》そうな顔をする後輩をやり過ごし、文面を熟読する。相手は大学生らしく、真面目な態度は冷やかしには見えなかったという。〈藤原さんを紹介してもいいですか?〉というメッセージに、すぐさま返信を送った。

〈ぜひお願いします〉

久しぶりに新たな情報を得たことで、にわかに気分が盛り上がってきた。密《ひそ》かに気合いを入れて、売り場へ出る。

待ちあわせ場所は、聖蹟桜ヶ丘にあるレストランだった。あっちに合わせてもよかったんだけど、向こうがこっちに来ると言って聞かなかった。

店に着くと、メッセージをくれた中谷麻由《なかたにまゆ》さんがすでに待っていた。テーブルに目印の映画パンフレットが置いてあったので、すぐにそれとわかる。中谷さんは、歳の離れた上品な女性と仲睦《なかむつ》まじい様子で話していた。麻由さんからは、事前に〈おばあちゃんも同席していいですか?〉と言われていた。

声をかけると、麻由さんは「はじめまして」と快活に挨拶《あいさつ》してくれた。おばあちゃんのほうは景子《けいこ》さんと名乗った。

「ごめんなさいねえ。私が同席して、お邪魔じゃないかしら」

「いいえ、全然。手がかりは少しでも多いほうがいいので」

わたしと麻由さんが向かい合い、麻由さんの隣に景子さん、という位置関係で座る。三人とも同じカレーを注文してから、さっそく本題に入る。

「さっそくですけど、会った時の状況を聞かせてもらえませんか?」

麻由さんが例の駅員と遭遇したのは、昨年の秋だという。京王多摩川駅の券売機横にいたところ、「何かお困りですか?」と声をかけられ、その流れで事情を相談したそうだ。

「その時、おばあちゃんを捜してたんです。電話してもつながらないから、調布《ちょうふ》駅からずっと歩き通しで。この人、私を困らせるためにわざわざクイズというか、謎を出してきたんですよ」

「そんな深刻に考えるなんて思ってなかったから。イタズラよ」

　ちょっとしたやり取りからも、二人の親密さがうかがえる。わたしはまたも登場した「謎」という言葉に引っかかった。

「もしかして、その駅員が謎を解いたんじゃないですか」

「あ、そうです。駅員さんに見せたらすぐに解いちゃって」

　遭遇したシチュエーションといい、駅員の身元がわからないことといい、やはり麻由さんが会ったのも幸太郎とみて間違いない。スマホで幸太郎の写真を見せると、案の定、麻由さんが「そうそう、この人ですよ！」と叫んだ。

　これで、幸太郎は少なくとも三か所に現れたことになる。昨年の夏に高尾山口、秋に京王多摩川、そして冬に府中。尾田俊介が会ったのも幸太郎だと仮定すると、昨春には下北沢にもいたことになる。

　情報が増えたのはありがたいが、出現した場所も、時期も、相手もバラバラだ。京王沿線であること以外、何の共通点も見出すことができなかった。いったい幸太郎は何のために、見知らぬ人々の前に姿を現しているのか？

考えこんでいたわたしが顔を上げると、景子さんが横からスマホの画面を覗いていた。

「景子さん？」

「ああ、ごめんなさい。勝手に覗いちゃって」

「どうかしましたか」

「いえね、違ってたらごめんなさい。この人、藤原幸太郎さんじゃないかしら」

耳を疑った。まだ、幸太郎の名前は伝えていないのに。

「どうして知ってるんですか？」

わたしはつい、身を乗り出していた。景子さんはあくまで冷静に「あらぁ。やっぱりそうだったの」と応じる。麻由さんはきょとんとした顔で「誰それ」と訊《き》いていた。

「幸太郎は夫なんです。どこかで会いましたか？」

「病院で」

景子さんは水で喉を潤してから、幸太郎について語りはじめた。

三年ほど前、景子さんは心臓の手術のため入院したことがあるという。術後の経過もよく、暇を持て余した景子さんが、病棟の談話室で出会ったのが幸太郎だったらしい。

「景子さんも、あの病院に入院してたんですか？」

「ええ。一週間くらいですけど」

「偶然……ですかね」

遠い目をした景子さんは、「どうでしょうねえ」と言う。

「藤原さんは人と話すのが好きみたいでね。私以外にも、顔見知りの患者さんがたくさんいるようでしたよ。口数の多い人じゃないけど、聞き上手《じょうず》というか、いろいろと話したくなってしまうの」

幸太郎が聞き上手であることはよく知っている。二人で話すと、だいたいわたしばかりがしゃべっていた。「幸太郎も話してよ」と言うと、「人の話を聞くのが好きだから」と言われた。ただ、病棟にたくさんの話し相手がいるなんて知らなかった。

「私も会話が上手《うま》いほうじゃないんで、大した話はできなかったですけれど。昔の映画のこととかね。たしか、京王の職員さんだったんでしょう？　調布の街について話したら、興味を持ってくれましたよ」

「おばあちゃん、よく覚えてるね」

横から口を挟んだ麻由さんに、「まあね」と笑いかける。

「役者って、現場ごとに違う人と仕事するでしょう。粗相があるといけないから、会った人は一発で記憶するようになって。今でも習慣が抜けないの」

――役者さんだったんだ。

景子さんの過去に驚きつつ、話を前に進める。

「退院後に話したりは？」

「一切ないですよ。亡くなられたことも、今知りました」

麻由さんが幸太郎に会ったのは、景子さんを捜している最中だ。そして景子さんは、生前の幸太郎と面識があった。ただの偶然とは思えない。もしかしたら、そこに幸太郎と再会するためのヒントが隠されているのかもしれない。

帰宅して、幸太郎の写真を添付したメッセージを野島さんに送った。

〈身の回りに、夫と会ったことがある人はいませんか？〉

野島さんからはすぐに返信があった。

〈一緒に住んでいる妹が、会ったことがあるみたいです。三年ほど前に腸炎で入院した時、話し相手になってくれた方だと言っています。藤原さんという名前にも心当たりがあるようでした〉

続いて、高尾山口で会った、という掲示板の投稿にも同じような問いかけを送る。翌日には反応があった。

〈なんでわかったんですか？　息子が中学生のころ、出先で骨折して入院した時に、黒ぶち眼鏡の男性と知り合ったと言ってるんですが〉

これで、憶測は確信に変わった。

三人が幸太郎と遭遇したのは、いずれも「入院中の彼と親しくなった人」を捜している最中だ。なぜ親しくなった当人の前に現れないのか、その意図はわからないけれど、法則があるのは確かだった。

かつて幸太郎は、こんなことを言っていた。

――つらくても、病棟の外の話を聞くだけで元気が出るんだよね。


四月の夜。尾田俊介から手紙が届いた。

封筒の名前を見た時、何かの手違いじゃないかと思った。有名人からじかに手紙が届くなんて信じられない。でも、彼に手紙を送ったのは当のわたしだ。慎重に封を開け、なかに入っていた便箋を取り出した。

返信は、丁寧な文字で綴られていた。

〈下北沢で会ったのは、写真の方で間違いないです。当時すでに亡くなられていたとのこと。驚きましたが、そういうこともあるのかもしれない、と思います〉

やはり、彼が会ったのも幸太郎だった。手紙はまだ続く。

〈メンバーにも写真を見せたのですが、ボーカルの琢磨《たくま》が「この人を知っている」と話し

ていました。病気の弟の見舞いに行くなかで、顔見知りになったとか。当時、バンド活動への憧《あこが》れを話していたそうです〉

文面は簡潔な結びのあいさつで締めくくられていた。手紙と一緒に、幸太郎の写真も返送されてきた。写真のなかの彼は、穏やかなほほえみを浮かべていた。

その翌日。

仕事でくたくたになって帰宅したわたしは、郵便受けに切手の貼られていない封書が入っていることに気付いた。ボールペンで表書きされた文字を見た瞬間、心拍数が跳ねあがった。

〈弥生へ〉

その字はまぎれもなく、幸太郎の筆跡だった。

「あっ……」

とっさに思い出したのは「青春のポスト」だった。わたしがあそこに投函したから、幸太郎からの手紙が返ってきた？　そんな、まさか。

なかばパニックで部屋に駆けこみ、封書の中身を確認する。紙面を目にすると同時に、わたしは固まってしまった。そこに描かれていることの意味が、さっぱり理解できないせいだった。

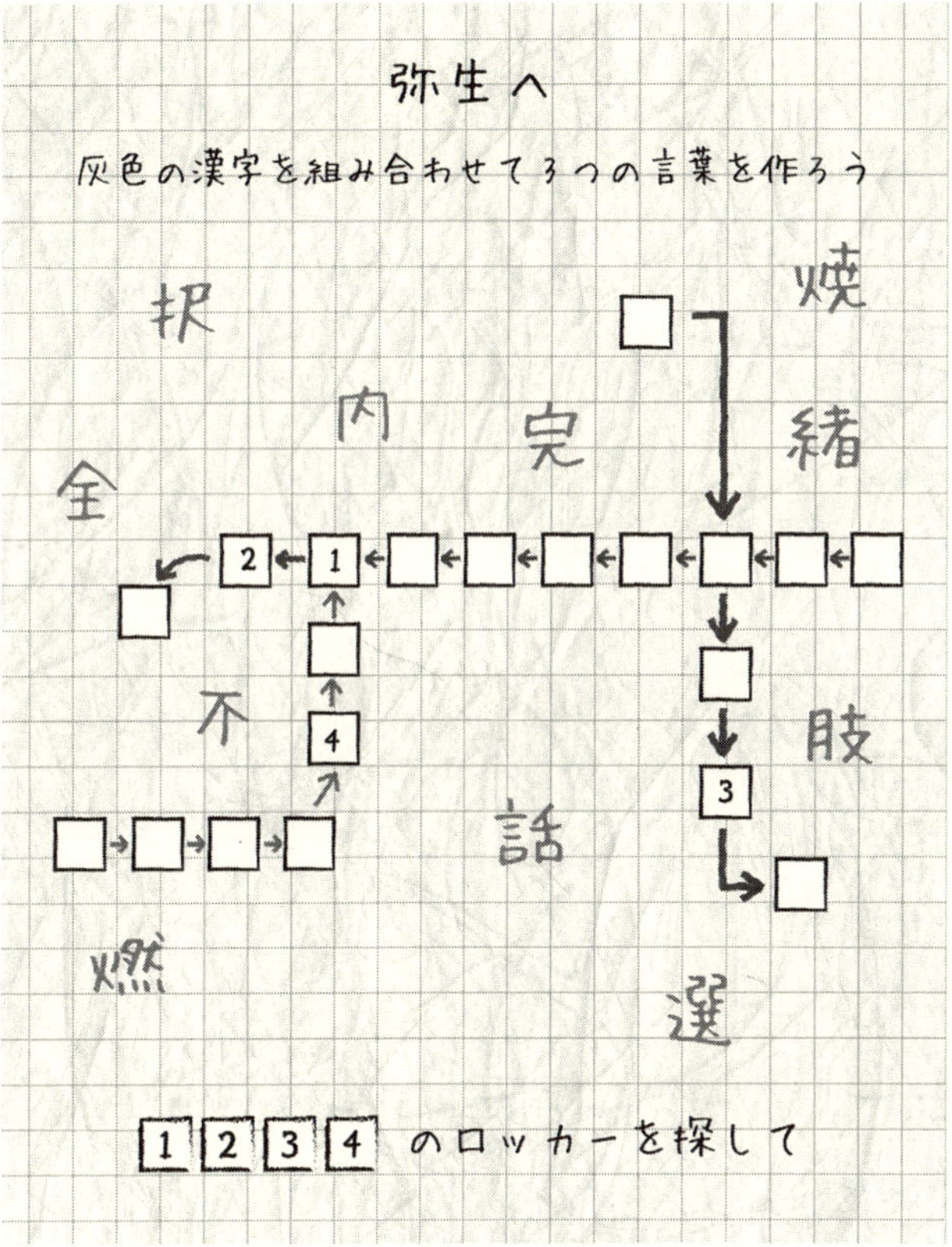
弥生へ
灰色の漢字を組み合わせて3つの言葉を作ろう
択
焼
内
完
緒
全
2
1
4
不
肢
3
話
燃
選
1 2 3 4 のロッカーを探して

「……謎解きだ」

つぶやきが口から漏れた。

この期《ご》に及んで、幸太郎はわたしに謎解きをさせようとしている。普通に手紙を書いてくれればいいのに、手の込んだことをする。でも、不思議と腹は立たなかった。幸太郎は入院中の孤独と不安を、謎解きで紛《まぎ》らわせていたのだ。それを思い出せば、謎を提示してくれること自体に特別な意味があるように思えてくる。

フォトスタンドの写真に話しかける。

「わかったよ」

一人きりのダイニングに、声が響いた。

わたしはろくにごはんも食べず、謎の答えを考え続けた。試行錯誤の末、日付が変わるころになってようやく答えを導き出した。

「できた！」

この問題、気付けば意外にシンプルな構造だった。

ちりばめられた灰色の漢字を余らせずにうまく組み合わせると、「選択肢」、「不完全燃焼」、「内緒話」という三つの言葉を完成させることができる。その読みを、各々《おのおの》の字数に応じた四角のマスに当てはめ、一から四までの文字を順番に拾うと、「ショクバ（職場）」

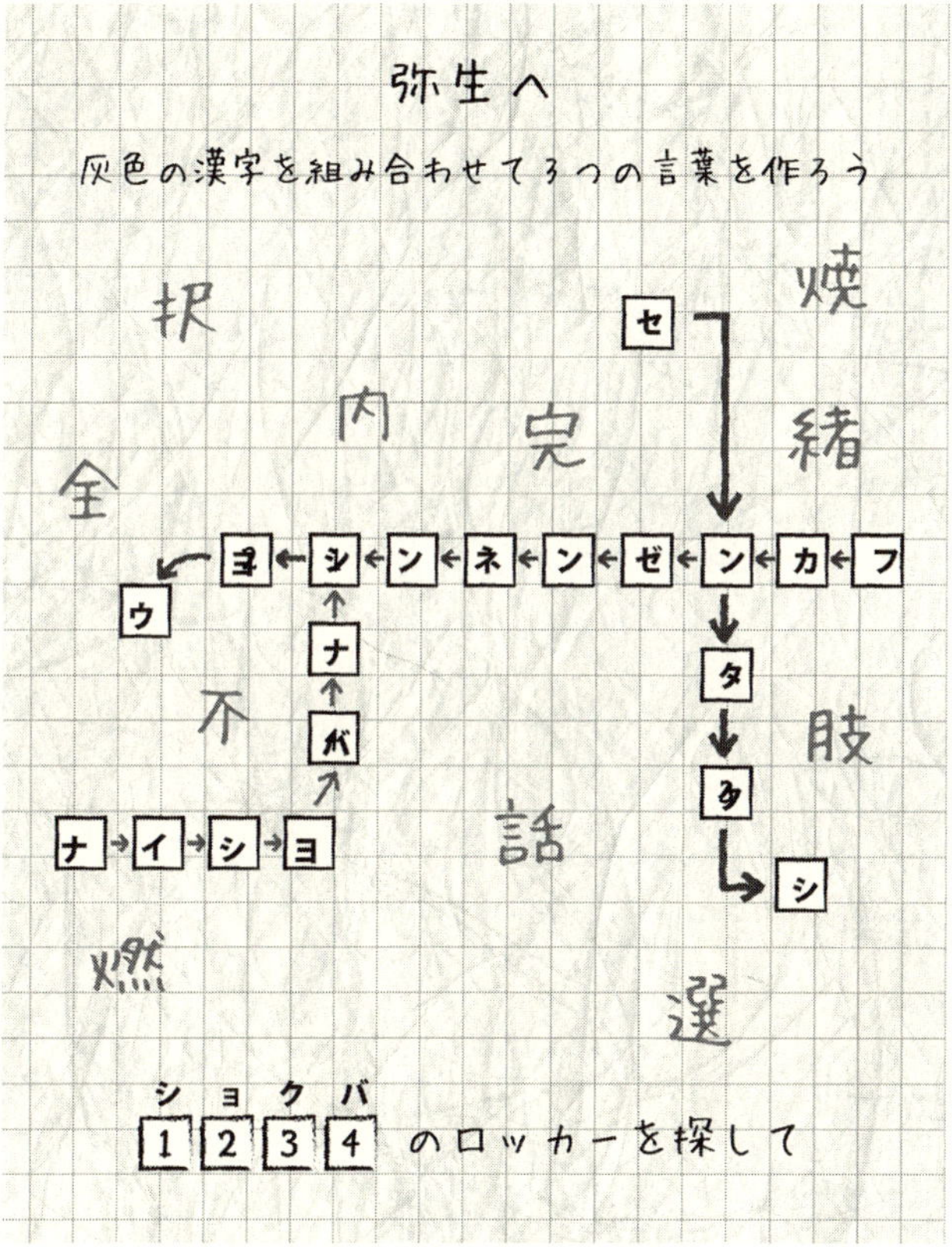
弥生へ
灰色の漢字を組み合わせて3つの言葉を作ろう
択
内
完
焼
緒
全
肢
不
話
燃
選
セ ン タ ク シ
フ カ ン ゼ ン ネ ン シ ヨ ウ
ナ イ シ ヨ バ ナ
シ ヨ ク バ
1 2 3 4 のロッカーを探して

と導き出すことができた。

爽快感《そうかい》を味わったのもつかの間、わたしはベッドに倒れこんで翌朝までぐっすり眠った。脳味噌《のうみそ》のいつも使わない場所を使ったせいで、くたくただった。


翌朝、誰よりも早く出勤して、ショッピングセンター内の使われていないロッカーを片《かた》っ端《ぱし》から開けて回った。ずいぶん昔だけど、幸太郎に「うちの職場に、使ってないロッカーたくさんあるんだよね」と話したのを思い出したからだ。職場で人目に触れない場所といえば、そこくらいしかない。

興奮を抑えながら確認していくと、とうとう、四階にあるロッカーで「弥生へ」という封書を見つけた。

――よっしゃ！

開封して手紙を見た瞬間、わたしは反射的に叫んでいた。

「また！」

そこに描かれていたのは、またしても「謎」だった。しかも、いくつかの小さい謎に分かれている。一目見ただけでは、どこから手をつければいいのかすらわからない。

平日の聖蹟桜ヶ丘駅の新宿方面行きの時刻を見よう

時刻表（P195）で最後にくる「急行」は23時◇分
問題1のあみだくじを◇から始めよう

問題1

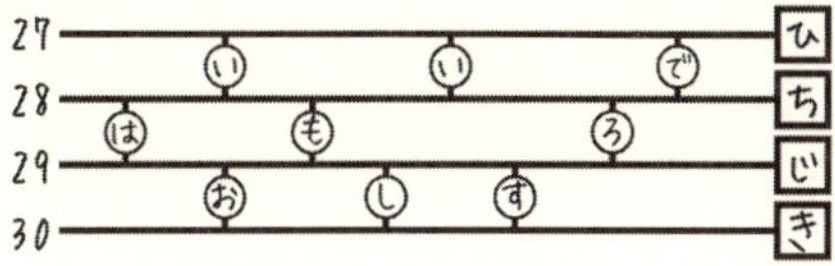

文字数に注意して、空欄に【○○○○の口】を埋めて問題2を解こう

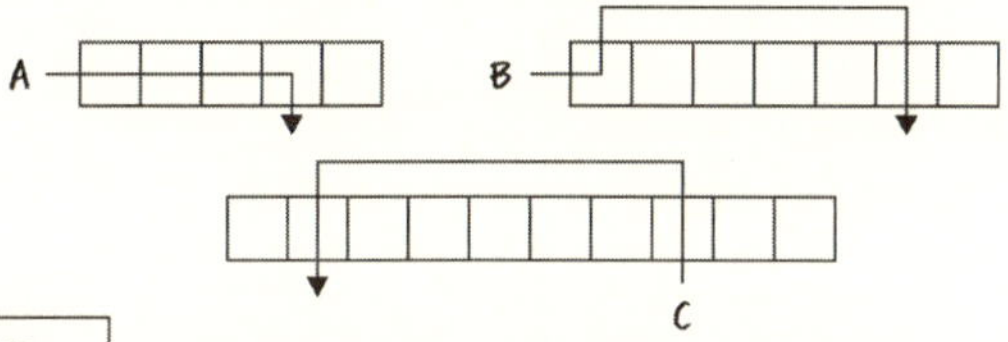

問題2

電車とAをつないだ線と、BとCを
つないだ線が交わる場所に来てね

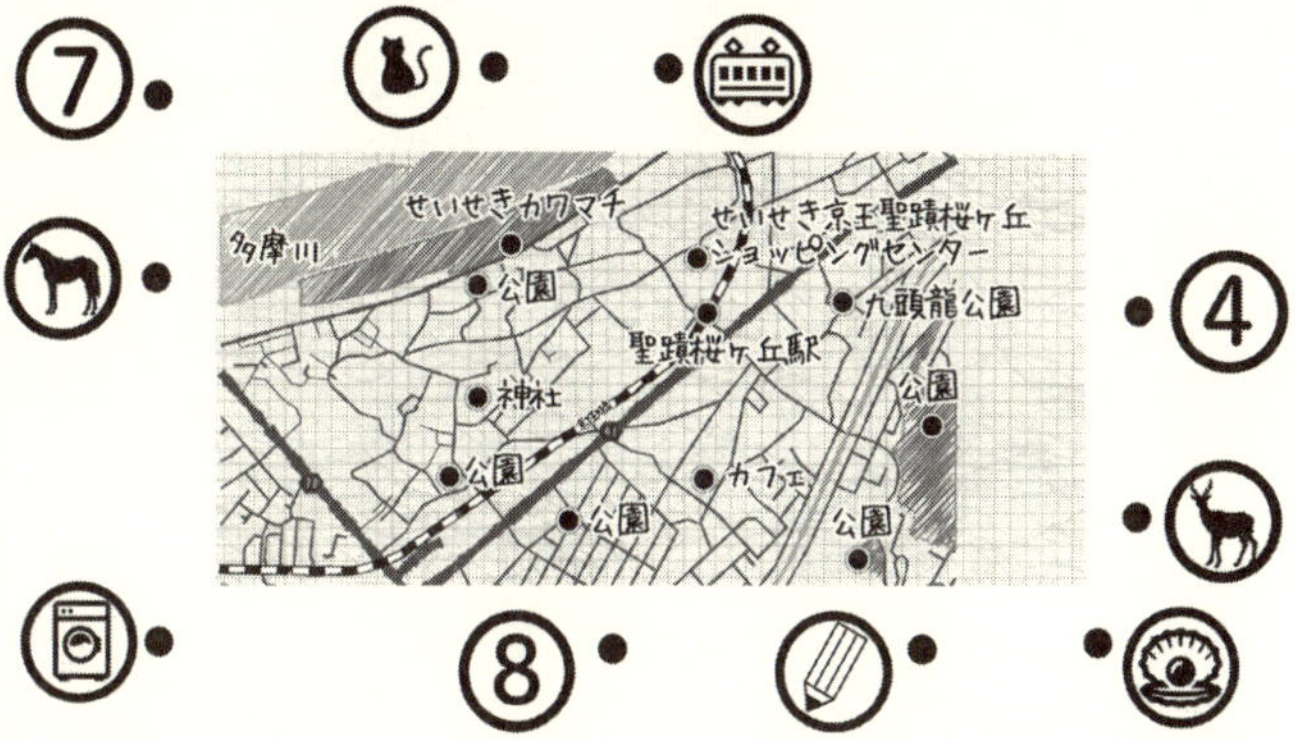

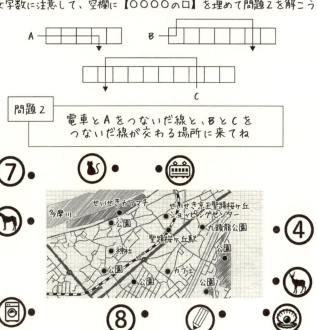

いったい幸太郎は、どこまで回り道させるつもりなのか。妻をもてあそんで、そんなに楽しいか。募るイライラを、深呼吸で鎮める。

——やってあげるよ。

ここまできたら、徹底的に付き合ってやる。幸太郎と再会できるまで、何問だって解いてやる。

もともと、こういうのは得意じゃない。けど、一生懸命考えればきっと解けるはずだ。一問目が解けたんだから、二問目だって。それに幸太郎のことなら誰より知っている。彼の考えた問題が、わたしに解けないはずがなかった。

*

道路の両側に並ぶ桜並木は、満開の花を咲かせていた。

薄桃色の花が屋根のように頭上を覆っている様子は壮観だ。道行く人たちが立ち止まり、手にしたスマホで写真を撮っている。

わたしの自宅は聖蹟桜ヶ丘駅の南側、大栗川《おおぐり》沿いにある。桜の季節になると、駅へ向かう道の両側は花で彩《いろど》られる。四月上旬には毎年「せいせき桜まつり」が開かれ、さくら通

※2024年11月時点のダイヤ

京王線 新宿 方面

平日							土休日
23	急行 00	11	急行 16	25	急行 29	41	
	特急 44	59					

りでもパレードやクイズラリーが行われたりする。

　幸太郎の生前、春が来るたびに桜まつりに来ていた。「聖蹟桜ヶ丘」という名にぴったりのイベントは、地元民だけでなく遠方からの来訪者でもにぎわい、この街に活気をもたらしてくれる。

　今日は平日だけど、仕事は休みだった。今日一日、幸太郎が出した謎にとことん向き合うつもりだ。

　といっても、実は答えはすでに出している。クイズが苦手なわたしにしては、冴《さ》えていた。

　問題1は、わかってしまえば難しくない。少し検索すれば、京王線の時刻表はすぐに見つかる。

「平日の聖蹟桜ヶ丘駅の新宿《しんじゆく》方面行き」で最後の急行の発車時刻は、23時29分。29を始点としてあみだくじを解けば、答えは【はいいろ】の【じ】――つまり「灰色の字」だ。そして最初に幸太郎から届いた手紙では、灰色で漢字が記されていた。つまり、「手紙で出てきたキーワードを使って解け」という意味に違いない。

――冴えてるな。

自画自賛しながら、文字数に注意して空欄に「せんたくし」「ふかんぜんねんしょう」「ないしょばなし」の各ワードを当てはめてみる。すると、「A＝せんたく、B＝なな、C＝しか」となる。

次に問題2。

カギは、地図の外に描いてあるイラストだ。「電車」と「せんたく＝洗濯」をつないだ線、「なな＝7」と「しか＝鹿」をつないだ線を引いてみると、ある一点で交わる。

この謎が指し示している場所は、多摩川河川敷にある芝生広場、せいせきカワマチだ。川辺にはあまり行ったことがない。

――幸太郎は、河川敷に思い入れがあるのかな？

よくわからないが、答えがそうなっているのだからしょうがない。

平日の聖蹟桜ヶ丘駅の新宿方面行きの時刻を見よう

時刻表（P195）で最後にくる「急行」は23時◇分

問題1のあみだくじを◇から始めよう 29

29

問題1

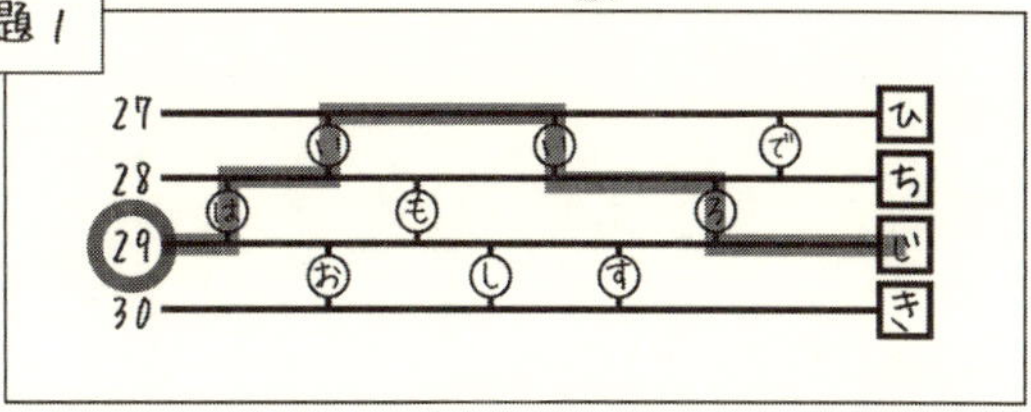

はいいろ じ

文字数に注意して、空欄に【○○○○の□】を埋めて問題2を解こう

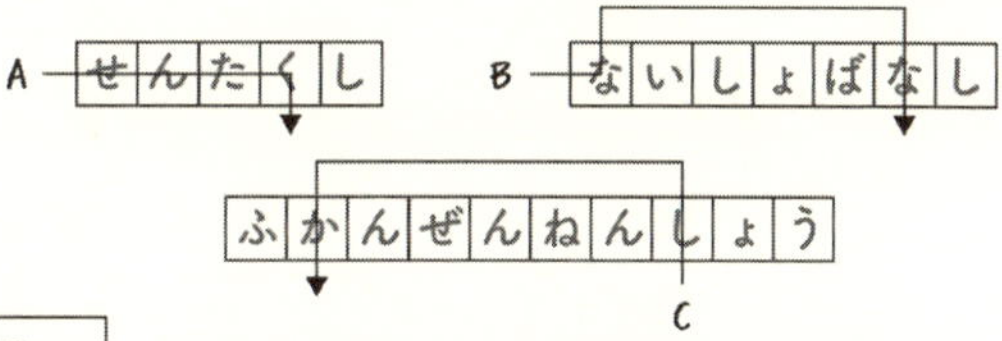

問題2

電車とAをつないだ線と、BとCをつないだ線が交わる場所に来てね

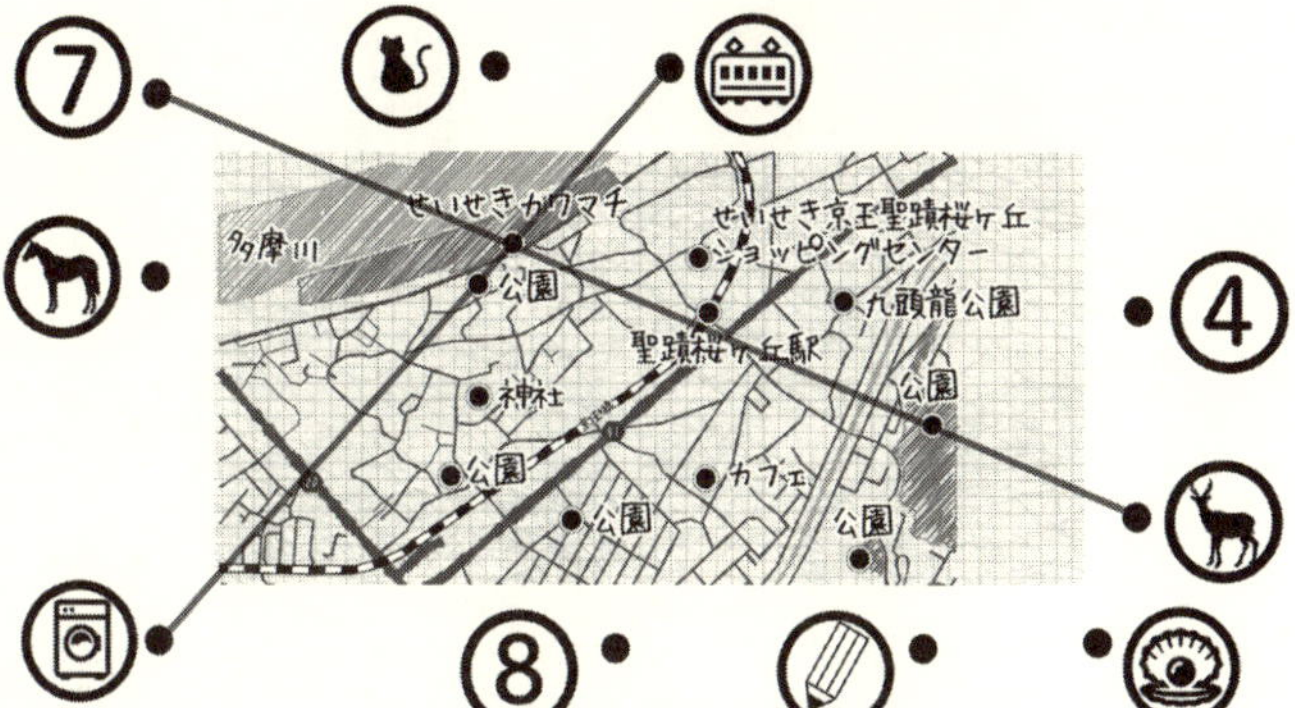

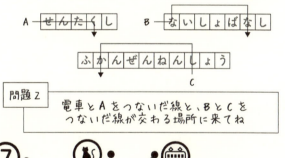

わたしは意気揚々と桜並木を抜ける。よく晴れた温かい日で、歩いているうちに暑くなって上着を脱《ぬ》いだ。さくら通りを直進して、駅の高架下を通り過ぎ、さらにまっすぐ行けば多摩川河川敷に突き当たる。

春の河川敷には青々と草が茂っていた。快晴の空の下、太陽の光を浴びた川面《かわも》がきらきらと輝いている。

――来てはみたけど……。

とりあえず、謎の答えに導かれるまま川沿いへ来てみたものの、取り立てて変わったことが起こるわけでもない。幸太郎らしき人影も見当たらなかった。仕方ないので、河川敷を散歩することにする。

辺りでは、聖蹟桜ヶ丘の住民と思《おぼ》しき人たちが、思い思いの方法で過ごしていた。おしゃべりに興じている若い人たちもいるし、ただぼーっとしている男性もいる。犬の散歩をしている女性や、ジョギングをしている集団ともすれ違った。

けれど、幸太郎が現れる気配はまったくない。早く出て来てよ、と内心で愚痴《ぐち》をこぼす。それとも、答えを間違えたのだろうか。いやいや。謎解きの答えはここで間違いないはずだ。

テラス席のあるカフェから、女性の笑い声が聞こえてきた。時刻はお昼前。お腹《なか》も少し減ってきた。

——寄っちゃおうかな。

一人でカフェに行くなんて久しぶりだ。幸太郎が入院してからはそれどころじゃなかったし、亡くなってからは一人で外食する気力が湧かなかった。わたしだけがおいしいものを食べていいんだろうか、という罪悪感もあった。でもなんとなく、今日は行ってもいい気がする。

意を決して、出入口に回りこむ。案内されたのは、偶然にもテラス席だった。先にテラスにいたのは、男女の三人組と女性の一人客だった。

クリームパスタとセットで、ケーキとホットコーヒーを注文した。お店に入る前はがっつり食べるつもりじゃなかったのに、なぜか食欲が湧いてきた。これも久しぶりのことだ。

食事を待つ間、出してくれた白湯《さゆ》を飲みながら、幸太郎からの手紙を見直す。

「うーん……」

さっきまで答えは「せいせきカワマチ」で間違いないと思っていたけど、だんだん自信がなくなってきた。

とはいえ、幸太郎のことだから、きっとわたしが解ける問題にしてくれているはずだ。

もしかしたら、二人の思い出にカギが潜《ひそ》んでいるのかもしれない。ただ、わたしと幸太郎の思い出は、ちょっと思いつくだけでも数えきれないくらいある。

たとえば、わたしと幸太郎がはじめて会った時のこと。

その日、京王線新宿駅のホームで友達と待ち合わせていたのだけれど、いつまで経っても友達が来なかった。後でわかったのだが、その友達はずっと「京王新線」の新宿駅ホームで待っていたのだ。タイミングが悪いことに、スマホの充電が切れていたせいで連絡を取ることもできなかった。

焦ったわたしは、通りかかった駅員さんに話しかけた。

「あの、スマホを充電させてもらえませんか?」

相手は困ったような顔で、「すみません」と言った。

「充電はちょっと……あ、でも。あっちのコンビニでモバイルバッテリーを売っていたような……」

「それ、どこですか!」

〈藤原〉というネームプレートをつけた駅員さんは、丁寧に地図まで描いて教えてくれた。それが幸太郎との最初の会話だった。後日、新宿駅であらためてお礼を伝えたことがきっかけで、連絡を取り合うようになった。

あと、はじめてのデートも大事な思い出だ。

幸太郎の希望で、わたしたちは動物園に行った。多摩動物公園駅《たまどうぶつこうえん》の改札を出れば、エントランスはすぐそこだ。幸太郎が好きだというコアラやアジアゾウを見物してから、高台にあるレストランでビールを飲みながらキリンたちを眺めた。あきらかに、園内を巡る幸太郎の足取りは慣れていた。

「ここ、よく来るんですか？」

まだ敬語だったわたしは、顔色を見ながらそう尋ねた。幸太郎は何が楽しいのか、笑いながら「たまに」と答える。

「動物たちはみんなマイペースに生きてるじゃないですか。そのせいか、動物園でのんびりしていると、日頃のあわただしさを忘れるんですよね」

「藤原さんは普段から落ち着いてそうですけど」

「そんなことないですよ。いつも焦ってるし、必死です」

微笑している幸太郎は、やっぱりどこか余裕があるように見えた。

そんなことを思い出しているうち、ランチが運ばれてきた。スモークサーモンの入ったクリームパスタはおいしかった。あっという間に食べ終えてしまい、お皿を下げてもらう。

じき、コーヒーと一緒にお待ちかねのケーキが運ばれてきた。フォークをスポンジに沈めて、クリームと一緒にすくいあげる。口に運ぶと、甘みが舌の上に広がった。

「あ、おいしい」

つい独り言を口にしていた。

──幸太郎も、甘い物好きだったな。

あの人はお酒もタバコもやらなかったけど、スイーツには目がなかった。付き合っていたころから、誕生日はいつもの店のケーキと決めていた。

──そういえば。

幸太郎は、プロポーズの日もケーキを用意していた。

その日はわたしの誕生日だった。わたしの希望で夕方からよみうりランドに出かけた。「ジュエルミネーション」と名付けられた冬のイルミネーションは、評判通り壮大だった。観覧車をはじめとしたアトラクションが七色の電飾に彩られ、プロムナードやゲートは光る蜃気楼《しんきろう》のような美しさだった。

それから聖蹟のレストランでごはんを食べて、二人でわたしの住んでいたマンションへ帰る途中だった。唐突に幸太郎が「ケーキ屋さん、行きたいな」と言い出した。

「えっ、今?」

戸惑うわたしに、幸太郎は「今がいいんだ」と言う。この時点で、誕生日ケーキを取りに行くのだろうと察してはいた。けどそれは言わず、黙って二人で店に行った。案の定、幸太郎は小さなホールケーキを受け取っていた。

「わざわざ用意してくれたんだ？」

「うん。毎年恒例だから」

マンションに着いて、二人でケーキを食べることになった。お皿にケーキを載せて、さあ食べようというタイミングで、幸太郎が「弥生」と言った。フォークを手にしたわたしを、やけに切羽詰《せっぱつ》まった表情で見ている。

「結婚しよう」

わたしはその日二度目の「えっ、今？」を口にしてしまった。

もちろん嬉しかった。嬉しかったけど、完全に意識がケーキに向かっていたから、急にプロポーズされたことへの戸惑いのほうが大きかった。困惑顔のわたしを見て、幸太郎は泣きそうな顔になっていた。

「ダメかな？」

「いや、そうじゃないけど……でも、ケーキ食べる直前に言う？」

「違ったかな？　ミスった？」

おろおろしている幸太郎がかわいくて、つい笑ってしまった。笑い出したわたしを前に、今度はぽかんとしている。その顔がまたかわいい。

「ダメなわけないよ。わたし、幸太郎がいい」

「いいの？　結婚してくれる？」

「する、する。結婚しよう」

その返事を聞いて、幸太郎はやっと笑った。それを見て、またわたしも笑った。感動の涙はなかったけど、わたしたちらしいプロポーズだった。あの時食べたケーキの味は、今でも忘れられない。

デザートを食べ終えて、コーヒーを飲みながら考えを巡らせる。

——やっぱり、答えは別にあるのかもしれない。

わたしたち夫婦には、数えきれないほどの思い出がある。新宿駅での出会いは大事な記憶だけど、それだけじゃない。わたしと幸太郎は、もっともっとたくさんの場所で、たくさんの時間を過ごしてきた。カギは他にもあるはずだ。

多摩川から一陣の風が吹いた。どこから飛んできたのか、桜の花びらが一枚、ひらりとテーブルに飛び乗った。指先でつまんで表裏を観察する。最後に、幸太郎と一緒に春のさくら通りを歩いたのはいつだったろう。

そんなことを考えていたら、涙腺が緩《ゆる》んできた。

――会いたいよ、幸太郎。

なんで、わたしの前に現れてくれないの？

なんで、苦しんでるのに助けてくれないの？

心のなかの問いかけに、答える声はない。

――どうすれば、会いに行ける？

この世にいない幸太郎に向けて、そう呼びかけた時だった。

あることを閃《ひらめ》いた。

――わたしたちはいつも、電車に乗ってた。

もう一度、わたしたちの思い出の場所を思い返してみる。新宿。多摩動物公園。よみうりランド。車を持っていないわたしたちの移動は、毎回電車だった。つまり――。

「いつも、駅からだった」

あらためて、幸太郎からの手紙を見直してみる。曇り空がぱっと晴れるように、急に見通しがよくなった。ついさっきまで、謎はわたしたちを隔てる壁だった。けれど今、その壁は急速に崩れている。

――わかった。

わたしは、本当の答えを確信した。今度こそ自信があった。テラス席を立ち、支払いを済ませて、足早に目的地へ向かう。

——頼むから。お願いだから。

誰に向けての言葉かわからない。けれどわたしは、胸のうちで必死に祈っていた。たった一度でいいから幸太郎に会わせてください、と。

＊

九頭龍《くずりゅう》公園の桜は、綺麗《きれい》に咲き誇っていた。

聖蹟桜ヶ丘駅の南側にあるこの公園は、広大と言えるほど広いわけじゃない。ブランコやすべり台が備えられていて、敷地内を小さな川が流れている。広場を囲むように木々が植えられていて、どちらを向いても自然豊かな風景が視界に入る。

幸太郎のことを考えているうち、わたしは問題の解き間違いに気付いた。そもそも、出発点から間違っていたのだ。

問題1では、「平日の聖蹟桜ヶ丘駅の新宿方面行き」で最後の急行の発車時刻が指定されていた。

※2021年11月時点のダイヤ

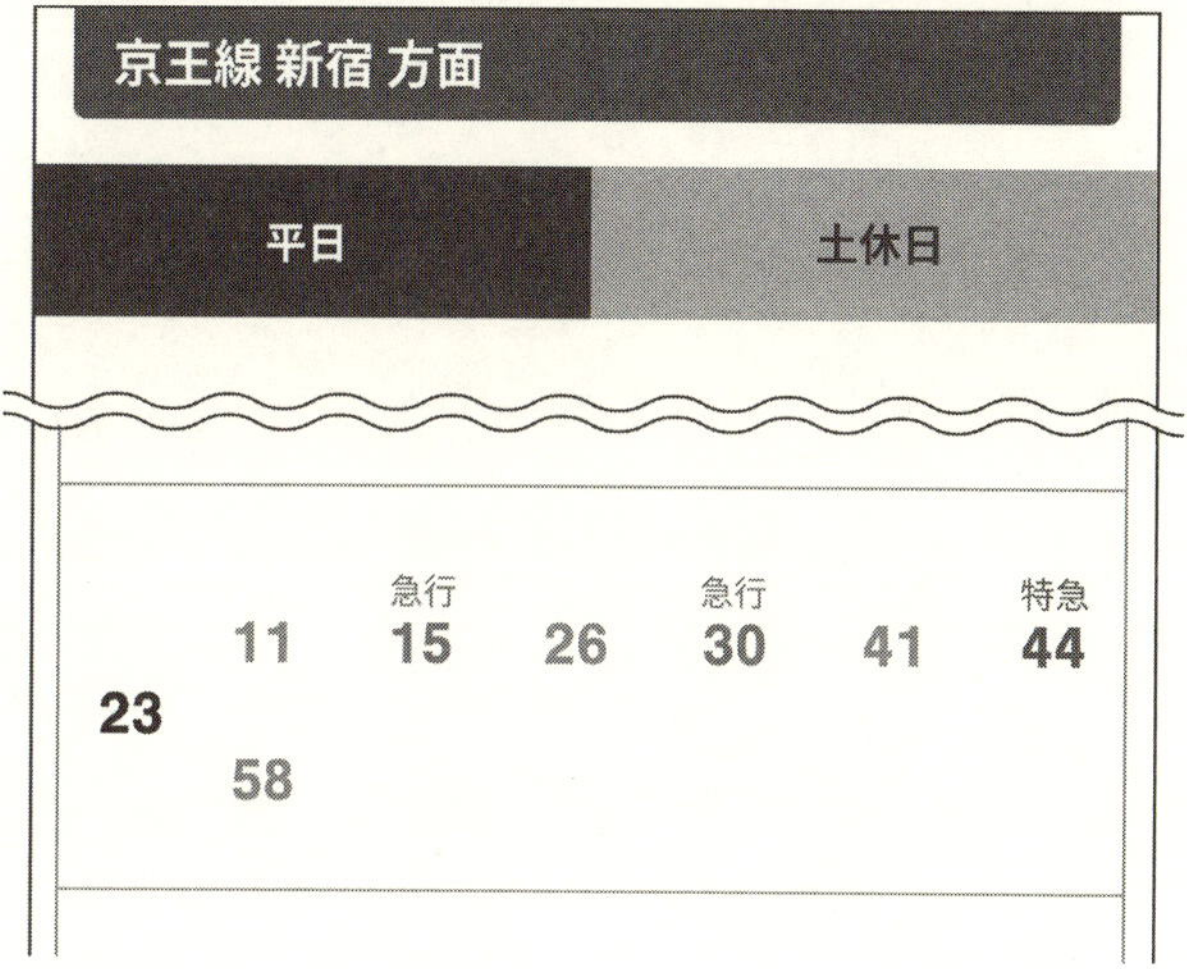

　ただし、京王電鉄の時刻表は少し前に改訂されている。幸太郎が亡くなった三年前とは、時刻が変わっている可能性があった。もしも、幸太郎が記憶を頼りにこの問題を作ったのだとしたら？

　わたしは三年前の時刻表を調べた。

　案の定、最終の急行が到着する時刻は変わっていた。三年前の時点では、23時30分。あみだくじの始点は30でなければならなかったのだ。正しい答えは【おもいで】の【ち】。すなわち「思い出の地」だ。わたしと幸太郎の思い出の地は、「新宿＝しんじゅく」「読売ランド＝よみうりらんど」「多摩動物公園＝たまどうぶつこうえん」。空欄に当てはめると、「A＝しんじゅ、B＝よん、C＝うま」

となる。

そして問題2。カギは、地図の外に描いてあるイラストだ。「電車」と「しんじゅ＝真珠」をつないだ線、「よん＝4」と「うま＝馬」をつないだ線を、あらためて引いてみる。交点に位置するのは、「九頭龍公園」だ。


荷物を手に、園内を歩き回った。親子連れが二組いるだけで、他に人影はない。でも、もううろたえることはなかった。ここで間違いないという確信があったから。ベンチに腰かけ、桜を眺めながら待つことにした。

足元には、たくさんの花びらが散っていた。桜のカーペットにそっと足を置く。

——桜って、一つの花が咲いて散るまで三日くらいなんだって。

いつだったか、幸太郎がそう言っていた。

——三日だけ？

——そう。でも桜の木全体で見れば、二週間くらいは咲いている。同じ木に咲いていても、出会わないまま散っていく花もたくさんあるんだろうね。

どういう意味だったのか当時はわからなかったけど、今なら理解できる。

わたしたちはみんな、それぞれのタイミングで生まれて、旅立っていく。この世に生ま

平日の聖蹟桜ヶ丘駅の新宿方面行きの時刻を見よう

時刻表（P195）で最後にくる「急行」は23時◇分
問題1のあみだくじを◇から始めよう 30

30

問題1

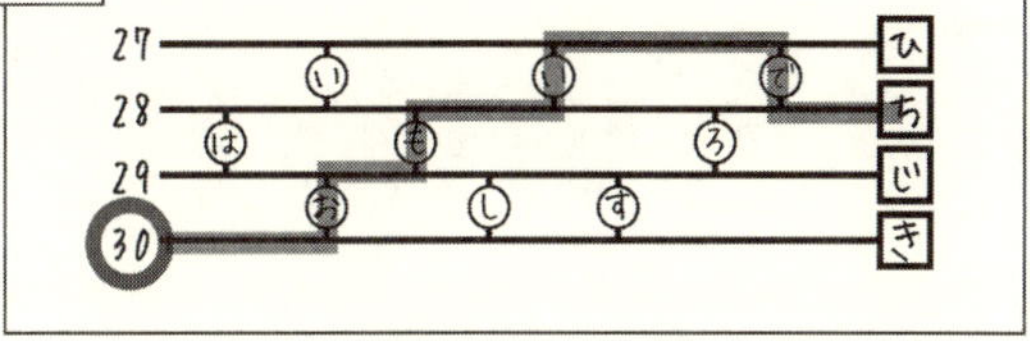

おもいで　ち

文字数に注意して、空欄に【○○○○の口】を埋めて問題2を解こう

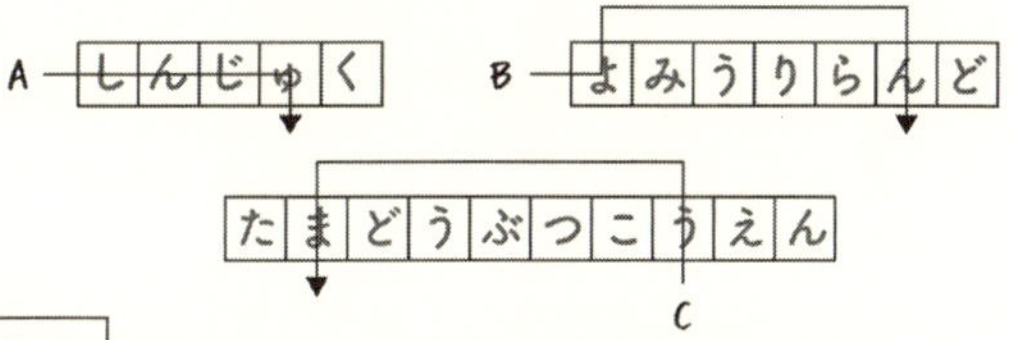

問題2

電車とAをつないだ線と、BとCをつないだ線が交わる場所に来てね

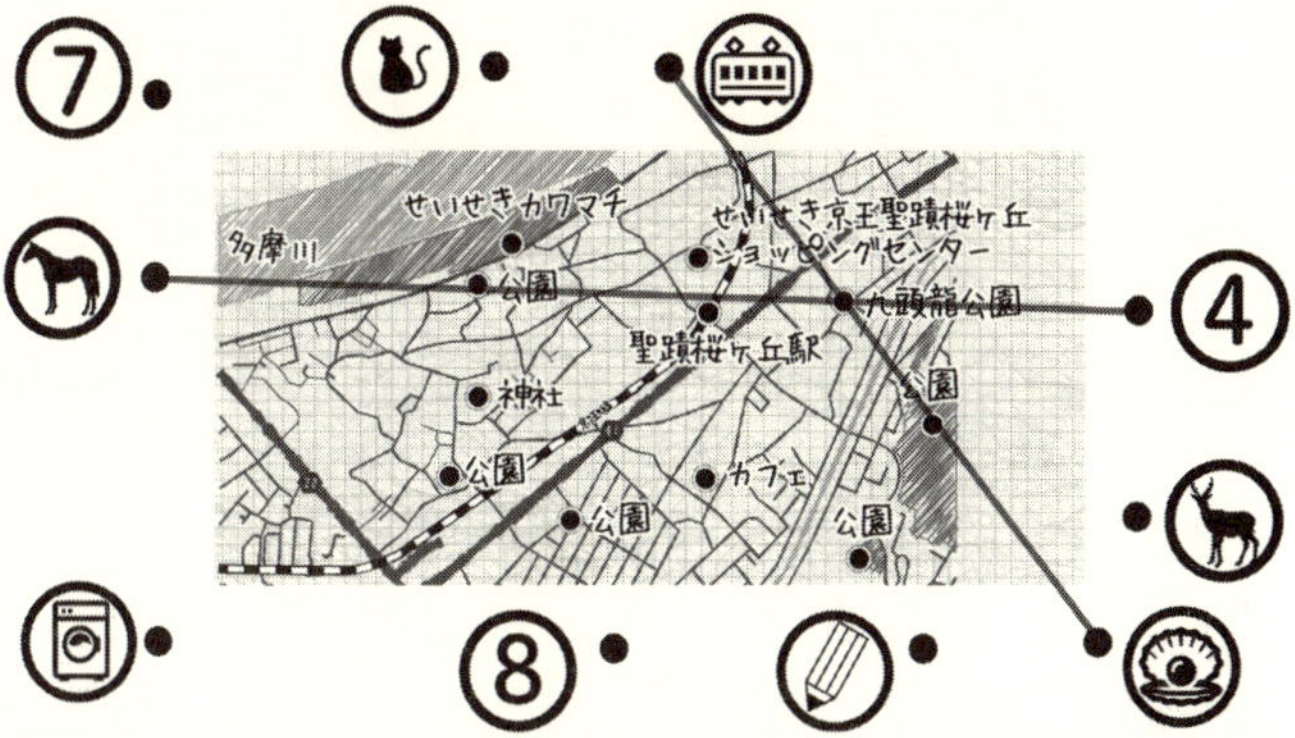

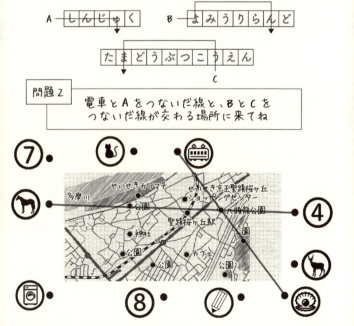

れた人間の数から考えると、一生のうちに知り合う人数はほんのわずかだ。だから誰かと出会うということは、ものすごく奇跡的な確率なんだ。三日しか咲かない桜の花同士が出会うのと、同じくらい。

やがて、ゆったりとした足音が聞こえてきた。スニーカーの裏で砂を踏む、軽快なリズム。見なくても誰かわかる。わたしは顔を上げて、「遅いよ」と文句を言う。

春服に身を包んだ幸太郎は、微笑していた。

「隣、いいですか?」

わたしが「どうぞ」と言うのを律義に待って、幸太郎はベンチに腰かけた。

「今日は京王の制服じゃないんだ?」

「ここで制服だったら、さすがに不審でしょ」

「服装って選べるの?」

「まあね」

どういう仕組みなのかよくわからない。ただ、今日の幸太郎は見覚えのある服装だった。黒ぶち眼鏡のレンズが、日の光を反射している。わたしは、かたわらに置いていたバッグから小さな紙箱を取り出した。

「ケーキ、買ってきたよ」

「本当？　嬉しいな」

幸太郎の顔がぱっと明るくなる。

「紙皿とフォークもあるから」

九頭龍公園を指定した理由は、なんとなくわかった。いつものケーキ屋はここから歩いて三分ほどの場所にある。スイーツを買ってきてほしい、というメッセージだとわたしは受け取った。そして、幸太郎が浮かべている満面の笑みから、その予想が当たっていたことを理解する。

「どっちがいい？」

紙箱のなかには二つのケーキが入っている。一つはチョコムース、もう一つはレアチーズ。屋外では焼き菓子のほうが食べやすいけど、たぶん幸太郎はケーキが食べたいだろうと予想した。

「どっちもいいなあ」

少し迷って、幸太郎はチョコムースを選んだ。

――やっぱり。

幸太郎は、迷った時にだいたいチョコを選ぶ。わたしはその習性を熟知していた。

幸太郎は紙皿に載せたチョコムースを頬張《ほおば》り、しみじみ「おいしいなあ」とつぶやいた。余韻を楽しむように、ぼんやりと桜の花を見ている。

「外でケーキ食べるのもいいいね」

「本当に公園でよかったの？　お店ならコーヒーとか紅茶も飲めるのに」

「いいの、いいの。スイーツさえ食べられれば」

幸太郎はすぐにチョコムースをたいらげてしまった。さっきデザート食べたばっかりなのになあ、と思いつつ、わたしもレアチーズを完食してしまう。お腹がいっぱいになったせいか、眠くなってきた。横に幸太郎がいるせいで、妙に安心してしまっているのかもしれない。

「なんで、わたしの前に出てきてくれなかったの？」

目をこすりながら、いちばん訊きたかったことを尋ねた。

「そう思うよね」

幸太郎は答えになっていない答えを返す。それでもじっと説明を待っていると、やがて観念したように話しはじめた。

「もし弥生が天国に行ったとして、この世にいる五人とだけ会うことができる、って言われたらどうする？」

「なんで五人？」

「そういうルールだから」

幸太郎は困ったような顔で笑った。細かいことを気にしてもしょうがない。この場に幸太郎がいることが、そもそもあり得ないんだから。これ以上、妙な質問はしないことに決めた。

「俺はね、もう一度仕事がしたかった。仕事が好きだったし、どうせ蘇るなら人の役に立ちたかった。だから、最期の時間を過ごしたあの病院で、お世話になった人たちのために蘇ることにした」

「病棟で知り合った、話し相手のために？」

わたしの声には、問い詰めるような気配が滲《にじ》んでいた。

正直、何度か話しただけの相手のためにそこまでするものだろうか。もっと他に、会いに行くべき相手がいるんじゃないだろうか。幸太郎はわたしの内心を読んだかのように、

「そうだよ」と応じる。

「入院している間は本当につらかった。弥生がいてくれたから寂しくはなかったけれど、病棟に一人でいると、どうしてもやりきれなかった。なんで俺なんだ、なんでこんなに早いんだって、何かを恨みたくなってくる。そういう自分もいやで、負のループに入りこんだ気分だった」

うつむいた幸太郎の横顔に、木々の影が重なった。

「そういう時、話し相手になってくれる人たちがいたから、なんとかまともでいられたんだと思う。琢磨くんが語っていた音楽への夢。龍也くんの写真への憧れ。景子さんの映画愛。美雨ちゃんの絵画への想い。鮮明に覚えてる。みんなの前向きな気持ちに励まされて、俺は納得いく形で人生を終えられた。だから、その四人の役に立ちたい、という気持ちは本気なんだよ」

わたしは、自分の考えの浅さに気付かされる。幸太郎を支えていたのは、わたしだけじゃなかった。幸太郎はずっと、たくさんの人に囲まれていた。そのおかげで、彼は穏やかに逝《い》くことができた。

「本人の前に現れなかったのは？」

「だって本人の前に出たら、びっくりするだろ。『幽霊だ！』ってなったら、人助けどころじゃなくなる。だから、本人じゃなくてその親しい人を選んだ」

言われてみれば、確かにそうかもしれない。大病をしていた人間がけろっとした顔で現れれば、普通は驚くだろう。わたしが驚いていないのは、ここに至るまでの過程で呑みこめたからだ。

「じゃあ、なんでわたしが五人目？」

淡々と話す幸太郎に、少しだけ意地悪をしたくなった。けど、幸太郎は気負いなく答える。

「弥生は特別だから」

風が吹き、桜の花びらが目の前を吹き過ぎていく。

「最初に弥生と会ったら、残り四人に会う時も弥生のことばかり考える。そんなの寂しいよ。いちばんの楽しみは、最後に取っておいたほうがいい」

そう言われたら、何も言えない。幸太郎は屈託のない表情で「謎解きどうだった？」と尋ねてくる。

「難しかったよ」

「でも、謎を解いている間は俺のこと考えてくれたんじゃない？」

図星だった。謎と格闘している間、わたしは幸太郎とのたくさんの思い出を振り返っていた。

「謎解きをやっている間、ずっとそのことを考え続けるでしょう？　ああでもないこうでもないって。それってさ、大事な相手へのプレゼントを考えるのに似てるよね。あの人はこれが好きかな、あれだったら喜んでくれるかな、って想像する時間と」

「……そうかもね」

「弥生に、俺のこと考えてほしかったんだ。だからあんな回りくどいやり方にした。イライラさせてごめん」

——ズルいなあ。

怒りたくても、もう怒れなかった。

遊んでいた親子連れが帰っていく。昼下がりの九頭龍公園には、わたしたちしかいなくなった。風が吹くたび、ひらひらと薄桃色の花びらが散っていく。目の前を通り過ぎていく花たちは、三日間の命を楽しんだのだろうか。

「聞かせてよ」

幸太郎が、まっすぐにわたしの目を見る。

「謎を解いている間、弥生がなにを考えていたのか」

「えっ？　恥ずかしいんだけど」

「いいから」

幸太郎の手が、そっとわたしの手の甲に乗せられた。不意打ちだった。じんわりと伝わってくる温かさに、涙がこぼれた。

「あっ……」

今まで我慢していたものが、一気にあふれだす。両目から流れた涙が頰を濡《ぬ》らし、顎《あご》か滴《したた》り落ちた。空《あ》いていた手で顔を覆う。喉の奥からこみあげてきた嗚咽《おえつ》が、指の間から漏れていく。

——幸太郎が、ここにいる。

二度と会えないと思っていた。部屋の隅《すみ》にうずくまって抱《かか》えていた寂しさが、いっぺんに解き放たれた。幸太郎はわたしの肩を抱き寄せ、背中に手をまわした。身体《からだ》を縛ってい
た緊張がほどけていく。

「まだ、時間はあるから。もっと話そう」

わたしは彼の肩に顔を埋《うず》めて、気が済むまで泣き続けた。

目が覚めると、隣には誰もいなかった。

「……幸太郎?」

いつの間にか、九頭龍公園の空は薄暗くなっている。もうすぐ日没だ。

幸太郎とたくさんの思い出話をしたわたしは、どうやらそのままベンチで眠ってしまったらしい。なんとなく、幸太郎の肩に頭をあずけた記憶はある。けど、まさかこんなタイミングで眠ってしまうなんて。

——まあ、いいか。

さよならの言葉は言えなかったけど、それでよかったのかもしれない。寂しさに耐えきれなかったかもしれないから。

「行くか」

ベンチから立ち上がり、わたしは歩き出す。身体が軽いのは少し眠ったせいか、それとも幸太郎と心ゆくまで話すことができたおかげか。

――また、ポストカード買わないと。

歩きながら、わたしはそんなことを考える。「青春のポスト」前のプレートには、こう記されていた。

・夢を叶えたら、その報告を綴って再び出しに来てください。

明日には二度目の投函をしよう。夢が叶った報告をしなければならない。

たぶん、幸太郎がわたしの前に現れることは、この先二度とない。それでもかまわない。今日の思い出があれば、これからも前を向いて歩いていくことができる。わたしはもう、昨日までのわたしとは違う。

花が散るさくら通りを進み、家へと向かう。花びらの雨に降られながら、幸太郎への最後のメッセージを伝えた。

「ありがとう」

口にした言葉は、ゆっくりと、春の夕暮れに溶けていった。

目が覚めると、俺は着慣れた衣服に身を包んでいた。

数えきれないくらい袖《そで》を通した、京王電鉄の制服。同じく、飽きるほどかぶった制帽。首にはちゃんと紺色のネクタイを締めている。

いったい、ここはどこなのか。見渡す限り、辺りは霧に包まれたように真っ白だ。

ぼうっと立っていた俺は、目の前にいるクリーム色の存在に気付いてぎょっとした。

四角く巨大な顔に、丸い二つの目。線で引いたような眉と鼻と口。そして、左胸に小さく記された〈KEIO〉の文字。

俺はこの人物（?）を知っている。

「……けい太くん?」

京王電鉄のキャラクター、「けい太くん」だ。グッズに印刷されたり、イベントに着ぐるみで現れたりしているため、京王の職員にはおなじみの存在だった。

「あなたにはその、けい太くんに見えるんだね」

「見える?」

「僕の姿は、その人にとってなじみのある存在として映るんだよ」

わかったような、わからないような話だ。

「藤原幸太郎さんだね」

けい太くんは構わず語りかけてくる。口は動いていないが、なぜか声は聞こえた。どういう仕組みになっているのだろう。

「そうですけど……ここ、どこですか」

けい太くんはなんでもないことのように答える。

「命を落とした後に行く世界だよ」

「……ああ、そうか」

動揺はしなかった。遅ればせながら、俺は大病を患《わずら》っていたことを思い出す。

「願いを叶えてくれたんですね」

——もう一度、仕事がしたい。

それが、亡くなる前の俺の願いだった。けい太くんはそれには答えず、よくわからないことを言う。

「仕事をするか、他の過ごし方を選ぶかは、あなた次第だよ」

困惑する俺に、けい太くんは語り続ける。

「あなたはこれから五人だけ、現世の人と再会することができる」

「はい？」

「現世に帰るチャンスをあげるってこと。あっ、勘違いしないでほしいんだけど、生き返ることはできないよ。少し会ったら、強制的にここに戻ってくる。会えるのはせいぜい、一時間くらいだね」

「ちょ、ちょっと待って」

情報が多すぎてついていけない。自分が死んだことを受け入れるだけで精一杯なのに、現世の人と再会できる、と言われても困惑するしかない。パニックになりつつ、俺はなぜかどうでもいいことを訊いていた。

「えっと、五人だけ、っていうのはどうして？」

「人数は、未練の量に応じて決まるんだよ。あなたの場合は五人。家族でも友人でも知り合いでもいいけど、いきなり現れるとびっくりされることがあるから、気を付けてね。時間はたくさんあるから、ゆっくり考えてよ」

けい太くんは身じろぎもせず、俺を見ている。

まだ動揺は消えないが、俺は少しずつこの状況を受け入れはじめていた。そもそも、死んだ人間がこうして考えたり話したりしていること自体が普通じゃない。ならば、現世の人に会えるというのも、あながちあり得ないことではない。

真っ先に思い浮かんだのは、妻の弥生だ。続いて、入院中に病院でお世話になった人たちの顔が浮かんだ。

——でもな。

弥生はともかく、他の人たちの前に現れれば、喜びより驚きが勝《まさ》ってしまうのではないだろうか。状況を説明しているだけで、あっという間に時間切れになりそうだ。ならばいっそ、直接会えなくてもいいから、その人たちの役に立つことにチャンスを使ったほうがいいんじゃないか。

「けい太くん、確認なんだけど」

「なに？」

「たとえば、知り合いじゃない人の前に現れることもできるのかな？」

「もちろん。相手は誰でもいいよ」

その返事を聞いて決まった。俺はこのチャンスを、亡くなる直前に励ましてくれた四人のために使う。最後の一人は、弥生だ。

制服の裾《すそ》を引っ張り、ネクタイの結び目に触れる。もう少しだけ、この制服を着て仕事をすることになりそうだ。

「じゃあ、一人目は……」

病院で交わした言葉の数々を思い出しながら、俺は現世への扉を開いた。

あとがき

「小説の楽しみ方を、拡張したい」

それは、私が小説家になる前から考えていたことだった。

先に断っておくが、私の作家としての主戦場は、単行本や文庫、雑誌などのいわゆる「本」である。それはこれまでもこれからも変わらない。ただ、「本」の形はもっと多様であってもいいのではないか、とも思う。

若いころはよく本を読んでいたけれど、今はさっぱり……という人は少なくない。そうした「元読書家」を再び文学の世界に呼び戻す入口を作るため、「本」の形を拡張することはできないだろうか。単行本や文庫以外の入口を作れば、「元読書家」たちが再び本や小説に興味を持ってくれるかもしれない。

新しい小説の提供方法を生み出し、文学を社会に浸透させる。それはデビュー以来、密《ひそ》かに抱いていた野望でもあった。

縁あって、二〇二二年の夏に株式会社休日ハックの田中和貴《たなかかずき》社長と知り合った。

当時、私は作家としてデビューしてから四年が経《た》とうとしており、勤め先を辞めて専業作家になる直前であった。田中さんは三十二歳で、二年前に休日ハックを起業したばかりだった。

休日ハックは、「体験型サービスの企画・開発・販売」を主な事業としている。予算に合わせて休日の過ごし方を提案する個人向けサービス「休日ハック！」からはじまり、街歩き体験コンテンツ「街ハック！」の提供へとサービスを広げつつある時期だった。得意分野は「謎解きイベント」で、多くのユーザーを集めていた。

私は田中さんから、「街ハック！」への企画協力を提案された。

「小説と街歩きを掛けあわせれば、面白いことができそうじゃないですか？」

田中さんは真剣な面持《おもも》ちだったが、正直に言うと、イメージが湧かなかった。

小説と街歩きを掛けあわせる？　そんなの、聞いたことないけど……。

しかし田中さんは本気だった。出版業界とは縁がない人であることも興味深かった。そういう人だからこそ、新しい小説の形を生み出せる予感がした。真摯《しんし》に企画と向き合う姿勢にも好印象を抱き、最終的には「ぜひやりましょう」と応じていた。

その後も幾度かやり取りをして、小説と街歩きの可能性を探った。数か月後、田中さんから連絡が届いた。

「京王《けいおう》電鉄さんのプログラムに採択されました！」

東京・神奈川に路線を有する京王電鉄株式会社では、外部企業とのオープンイノベーションを目指した新規プログラムを進めていた。このプログラムに、小説企画を提案した休日ハックが採択されたのだ。与えられたミッションは「移動ニーズの創出」であった。

さっそく、三者で集まってのミーティングが開かれた。会議の場で、私はさっそく腹案を話してみた。

「沿線の駅を舞台にした、連作短編というのはどうでしょう？」

京王沿線には魅力を持った街が多数ある。小説を通じてそれらの街の魅力を発信できないか、というのが私の案だった。とはいえ、それだけでは物足りない感じもある。すると、田中さんがこんな提案をしてくれた。

「そこに周遊型の謎解きを絡めたら、街歩きイベントになるんじゃないですか？」

謎解きにはいろいろなタイプがあるが、「周遊型」は制限時間がなく、特定の場所を移動しながら解いていく形式である。小説のなかに謎解きを仕込むことで、読者を街歩きに誘いたい、というのが田中さんの狙いだった。

京王電鉄の反応もよく、その場で三者の大まかな役割分担もできた。企画のタイトルは私が考えることになり、いくつかの候補から以下のタイトルが選ばれた。

『いつも駅からだった』

「文学を社会に浸透させる」試みは、少しずつ動き出した。

田中さんをはじめ、休日ハックのメンバーと協議するなかで、企画の形が徐々にできあがっていった。

京王電鉄の沿線各駅を舞台とした短編小説をベースに、各編に謎解き要素を盛り込んでいく。前半部分はウェブサイトで試し読みできるが、結末を確かめるには所定の場所で配布される冊子を手に入れなければならない。

さらに街歩きを促進するため、プロの声優による朗読も取り入れることにした。小説を読みながら街歩きをするのは難しいが、音声を聴きながらであれば可能だ。朗読は冊子を手に入れた人だけが楽しめるもので、読了後にそのまま街へ繰り出してほしい、という意図もあった。

第一弾の舞台は井《い》の頭《かしら》線下北沢《しもきたざわ》駅に決まった。あとは、満足できるクオリティの小説を書き上げることが、私に課せられた任務だった。

企画の根幹を担《にな》うプレッシャーを感じつつ、下北沢の街を歩きながらプロットを練った。

結果、若いバンドマンたちの友情をテーマにした物語が出来上がった。休日ハックメンバーと協力して謎解きの要素も入れ込み、物語をたどりつつ街歩きができる仕掛けを施《ほどこ》した。だが、小説が完成しただけではこの企画は完結しない。イラストを含めたレイアウトの作成や印刷、現地への許可取りなどの作業が急ピッチで進められた。

いろいろな意見が出たが、最終的に冊子は「無料」で配布することになった。おかげで、多くの方に読んでいただける素地もできた。下北沢駅構内などが、冊子の配布場所としてリストアップされた。

私はこの取り組みがはじまった時から、書店も巻き込みたいと考えていた。ほんの少しでも書店への送客になればという思いからだ。休日ハックや京王電鉄は、その思いに応じてくれた。京王電鉄のグループ会社「啓文堂《けいぶんどう》書店」に話を通し、店頭での配布を実現してくれたのだ。

休日ハックと京王電鉄の担当者からは、「やれることはすべてやろう！」という熱量を感じた。私もその熱意に大いに共感し、追加でスピンオフのショートショートを執筆した。アンケートに回答することで、ショートショートを読める仕組みを作り上げた。

　こうして二〇二三年三月、『いつも駅からだった』の第一弾「下北沢編」が公開された。無料配布とはいえ、こういった取り組みは前例がない。まったく動かなかったらどうしよう、という不安はあった。もっとも、田中さんや京王電鉄の担当者は私以上に不安だったようで、睡眠不足になる夜もあったという。

　蓋《ふた》を開けてみれば、車内や駅ホームでの告知が功を奏したのか、こちらの予想をはるかに超えて好評であった。「無反応だったらどうしよう！」と本気で心配していた私は、盛況ぶりに安心した。

　ＳＮＳには『いつも駅からだった』の感想があふれた。「無料なのすごい」「下北沢の散歩もできて楽しかった」「朗読を聴きながら実際に街を歩くのはエモい」といった声を見て、関係者は盛り上がった。

「ちゃんと届いている！　読んでくれている！」

　取り組みはメディアにも取り上げられ、冊子は順調に消化された。アンケート結果から、遠方から足を運んでくださった方が多いこともわかり、「移動ニーズの創出」という企画目的の達成も確認できた。

　約二か月の実施期間で、所定の数の冊子をすべて配り終えた。たくさんの人たちに、下北沢を舞台とした新しい物語を届けることができたのだ。

成功を喜ぶのもつかの間、私たちは第二弾の企画を練りはじめた。次の舞台は高尾山口《たかおさんぐち》駅。休日ハックメンバーと協力して謎解き要素を入れつつ、今度は父と息子の物語を書き下ろした。

その後も調布《ちょうふ》駅、府中《ふちゅう》駅、聖蹟桜ヶ丘《せいせきさくらがおか》駅と、舞台を変えながら『いつも駅からだった』の企画は進行した。最終的には、五編合わせて累計九万部以上を配布した。当初、想定していた以上の成果であった。

嬉《うれ》しかったのは、「久しぶりに小説を読みました」という声が多数寄せられたことだ。「この機会にまた小説を読みはじめた」というコメントもあった。こういう意見を目にすると、本当にやってよかった、と思う。

きっかけはなんでもいい。「その地域に住んでいるから」でも、「声優さんのファンだから」でも、「たまたま目についたから」でも。大事なのは、小説の楽しさを体験してもらい、「本」への興味を抱いてもらうことだ。

この企画が実現できた要因のひとつに、出版業界プロパーではない担当者が集まったことがある。前例や慣習を知らないだけに、枠に囚《とら》われない発想ができたのではないか。もちろん、ステークホルダーのみなさんが、自分事として取り組んでくださったことも大きい。

いずれにせよ、大事なのは持続可能な取り組みに昇華させることだ。誰かが損をしたり、無理をする仕組みではいずれ破綻《はたん》する。今回は企画の主担当である休日ハック、移動ニーズを生みたい京王電鉄や書店、そして書き手である私の目的が奇跡的に合致した。「文学を社会に浸透させる」という試みは、第一歩を踏み出したに過ぎない。これからも、皆さんの意表を突くような試みで、「本」の概念を拡張していければと思う。文学や書店が時代遅れだとは、決して言わせない。

岩井圭也

この作品は令和五年三月から令和六年三月にかけて、京王電鉄株式会社と株式会社休日ハックにより共同で開発・公開された「小説×街歩き」体験型コンテンツを文庫化したものです。また本書はフィクションであり、登場する人物は、実在するものといっさい関係ありません。

いつも駅からだった

一〇〇字書評

切り取り線

購買動機（新聞、雑誌名を記入するか、あるいは○をつけてください）

- □（　　　　　　　　　　）の広告を見て
- □（　　　　　　　　　　）の書評を見て
- □ 知人のすすめで
- □ タイトルに惹かれて
- □ カバーが良かったから
- □ 内容が面白そうだから
- □ 好きな作家だから
- □ 好きな分野の本だから

・最近、最も感銘を受けた作品名をお書き下さい

・あなたのお好きな作家名をお書き下さい

・その他、ご要望がありましたらお書き下さい

住所	〒				
氏名		職業		年齢	
Eメール	※携帯には配信できません	新刊情報等のメール配信を 希望する・しない			

この本の感想を、編集部までお寄せいただけたらありがたく存じます。今後の企画の参考にさせていただきます。Eメールでも結構です。

いただいた「一〇〇字書評」は、新聞・雑誌等に紹介させていただくことがあります。その場合はお礼として特製図書カードを差し上げます。

前ページの原稿用紙に書評をお書きの上、切り取り、左記までお送り下さい。宛先の住所は不要です。

なお、ご記入いただいたお名前、ご住所等は、書評紹介の事前了解、謝礼のお届けのためだけに利用し、そのほかの目的のために利用することはありません。

〒一〇一－八七〇一
祥伝社文庫編集長　清水寿明
電話　〇三（三二六五）二〇八〇

祥伝社ホームページの「ブックレビュー」からも、書き込めます。
www.shodensha.co.jp/bookreview

祥伝社文庫

いつも駅《えき》からだった

令和 6 年 11 月 20 日　初版第 1 刷発行

著　者　岩井圭也《いわいけいや》
発行者　辻　浩明
発行所　祥伝社《しょうでんしゃ》
東京都千代田区神田神保町 3-3
〒 101-8701
電話　03（3265）2081（販売）
電話　03（3265）2080（編集）
電話　03（3265）3622（製作）
www.shodensha.co.jp

印刷所　堀内印刷
製本所　ナショナル製本
カバーフォーマットデザイン　芥 陽子

Printed in Japan ©2024, Keiya Iwai ISBN978-4-396-35086-4 C0193

祥伝社文庫の好評既刊

岩井圭也
文身
己の破滅的な生き様を、私小説として発表し続けた男の死。その遺稿に綴られていた驚愕の秘密とは……。

伊坂幸太郎
陽気なギャングが地球を回す
史上最強の天才強盗四人組大奮戦！　映画化され話題を呼んだロマンチック・エンターテインメント。

伊坂幸太郎
陽気なギャングの日常と襲撃
華麗な銀行襲撃の裏に、なぜか「社長令嬢誘拐」が連鎖――天才強盗四人組が巻き込まれた四つの奇妙な事件。

伊坂幸太郎
陽気なギャングは三つ数えろ
天才スリ・久遠はハイエナ記者火尻にその正体を気づかれてしまう。天才強盗四人組に最凶最悪のピンチ！

中山七里
ヒポクラテスの誓い
法医学教室に足を踏み入れた研修医の真琴《まこと》。偏屈者の法医学の権威、光崎《みつざき》とともに、死者の声なき声を聞く。

中山七里
ヒポクラテスの憂鬱《ゆううつ》
全ての死に解剖を――普通死と処理された遺体に事件性が？　大好評法医学ミステリーシリーズ第二弾！

祥伝社文庫の好評既刊

中山七里
ヒポクラテスの試練
伝染《うつ》る謎の〝肝臓がん〟? 自覚症状もなく、MRIでも検出できない。法医学者光崎が未知なる感染症に挑む!

中山七里
ヒポクラテスの悔恨
「一人だけ殺す。絶対に自然死にしか見えないかたちで」光崎教授に犯行予告が。犯人との間になにか因縁が?

宇佐美まこと
愚者《ぐしゃ》の毒
緑深い武蔵野、灰色の廃坑集落で仕組まれた陰惨な殺し……。ラスト1行まで震えが止まらない、衝撃のミステリー。

宇佐美まこと
黒鳥の湖
十八年前、彰太がある〝罪〟を犯して野放しにした快楽殺人者が再び動く。人間の悪と因果を暴くミステリー。

宇佐美まこと
羊は安らかに草を食《は》み
認知症になった友人の人生を辿る、女性三人、最後の旅。戦争を生き延びた彼女が生涯隠し通した〝秘密〟とは?

大門剛明
この歌をあなたへ
家族が人殺しでも、僕を愛してくれますか? 加害者家族の苦悩と救いを描いた感動の物語。